Lucien Jeny

Mes Bien Aimées

« Ceux qui cherchent dans la vie
» des affaires ou des amusements
» sont sûrs de les rencontrer, mais
» malheur à qui a de l'âme ! c'est
» la chose qui trouve le moins son
» emploi dans le monde. »

(V. Cherbuliez.)

EN VENTE A LA LIBRAIRIE

ACHILLE HEYMANN
1, Rue Laffitte, 1
PARIS
1898

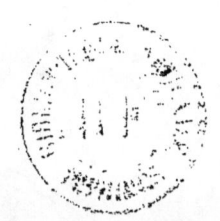
Mes Bien Aimées

DU MÊME AUTEUR

Etude sur l'Obligation alimentaire entre parents. Paris, Thorin, 1876, 351 p. g⁴ in-8°; *8. F-6672-*

Le Procureur général Renouard. Bourges, Sire, 1884, 39 p. g⁴ in-8°; *Lf-112 128-*

Etude littéraire et de morale sociale sur la Simplicité. Bourges, Sire, 1886, 37 p. g⁴ in-8°; *Lf 112 1330.*

L'Affaire du Moulin de Mourut, histoire berrichonne. Bourges, Sire, 1889, 29 p. g⁴ in-8° et grav.; *Lk 7 pièce 28093-*

Mémoires inédits pour servir à l'Histoire de la Ville et des Seigneurs de Linières-en-Berri, publiés avec Introduction, Notes et Commentaires. Bourges, Sire, 226 p. g⁴ in-8°, 1890; *Lk 7 28094-*

Rose de Mai, Rose de Noël (Nouvelle). Bourges, Sire, 1891, 98 p. in-16; *8° Y² 46502*

Jours d'autrefois; la Cheminée rose (Nouvelles). Bourges, Sire, 47 p. in-16, s. d.; *8° Y² 48559.*

Jeanne d'Arc en Berry, avec des documents inédits (en collaboration avec M. P. Lanéry d'Arc). Paris, Picard, 1892, vII-145 p. in-8° et nouvelle édition illustrée. Paris, Techener, s. d., 197 p., 18 grav.; *8 26 28c*

Jeanne d'Arc en Bas-Berry. Châteauroux, Majesté, 13 p. in-8°, 1894; *Lb26 318-*

Deux Croix de Jeanne d'Arc en Berry. Châteauroux, Majesté, 16 p. in-8°, 1895; *Ln 27. 43033-*

Jeanne d'Arc et Jacques-Cœur, une figure de pierre de l'hôtel Jacques-Cœur à Bourges. Paris, Soc. d'édit. scientif., 1895, 7 p. in-8°; *Lj. 9. 3436-*

Le Pays de Bué en Sancerre, histoire et légende, avec des documents inédits. Sancerre, Pigelet, 1895, 78 p. in-16; *Lk 7 29525-*

Une Lettre inédite du premier Duc de Saint-Aignan au Cardinal Mazarin. Bourges, Sire, 1896, 9 p. in-8°; *Ln 27. -44044-*

Notice sur les Liens historiques rattachant Jeanne d'Arc à Mehun-sur-Yèvre, tirée à 10,000 exemplaires, à l'occasion d'un projet de monument de Jeanne d'Arc à Mehun. Bourges, Sire, 1897, 8 p. in-8°;

Une Lettre inédite du Prieur de Jalognes, tué au combat de Sens-Beaujeu, et quelques nouveaux éclaircissements sur la *Petite Vendée du Sancerrois*. Bourges, Sire, 1897, 10 p. in-8°. *[manuscrit]*

A paraître prochainement :

Quelques Notes sur l'hôtel de Lignières à Bourges ;

Les *Kjökkenmöddings* de Lignières (avec une *Notice* posthume de M. Porcheron) ; *[manuscrit]*

Les Petits Papiers de Tante Claudette (Nouvelle) ;

Jeanne d'Arc à Bourges.

[annotations manuscrites]

Tous droits de propriété réservés

Lucien JENY

Mes Bien Aimées

« Ceux qui cherchent dans la vie
» des affaires ou des amusements
» sont sûrs de les rencontrer, mais
» malheur à qui a de l'âme ! c'est
» la chose qui trouve le moins son
» emploi dans le monde. »

(V. CHERBULIEZ.)

EN VENTE A LA LIBRAIRIE

ACHILLE HEYMANN

1, Rue Laffitte, 1

PARIS
—
1898

A QUI ME LIRA

J'ai écrit ce livre du fond de l'âme, et je m'y suis dépeint tout entier, avec mes enthousiasmes et mes abattements, mes élans de foi et mes rêves de notoriété littéraire, mes aspirations et mes illusions. Telle de mes poésies a été composée à seize ans, telle autre à quarante-deux ans, mon âge actuel. Aussi trouvera-t-on parfois peut-être à leur lecture des contradictions plus ou moins profondes, résultant de circonstances ou de situations d'esprit différentes, mais j'ai toujours été sincère avec moi-même et je puis dire de mes sentiments ce qu'un autre poëte a si bien exprimé des siens :

« Tous sont divers, mais tous furent vrais un instant. »

En outre, très respectueux, d'ailleurs, de toutes les opinions loyales, et sans me croire infaillible ni me faire meilleur que les autres, je suis resté fidèle au spiritualisme chrétien de mes jeunes années, et il m'a souvent réconforté dans les épreuves de la vie : combien, du reste, indifférents aujourd'hui, reviendront, à leur heure dernière, aux espérances immortelles que le Christ a apportées au monde.

Je rencontre journellement des gens qui, je le sais, sourient par derrière de ma foi au nom de la science, mais comme ils ont contre eux Pasteur, l'un des plus grands savants du siècle (pour n'en citer qu'un), je ne suis pas bien sûr qu'ils aient raison de sourire, et j'aime autant rester du côté de Pasteur, ne me trouvant pas en trop mauvaise compagnie.

Mes Bien Aimées sont, au fond, en grande partie, l'histoire de nombre de Français de ma génération, élevés dans la tristesse et les regrets au lendemain de la guerre franco-allemande, et qui, souvent, regardent du côté des Vosges. Elles ne sont donc pas une de ces autobiographies étroites de nature à n'intéresser que leur auteur et quelques amis.

Elles ne constituent pas non plus, de ma part, une étude exclusive de l'être moral : elles sont d'une portée plus étendue et plus haute : la Patrie, et l'une de ses plus grandes personnifications, Jeanne d'Arc ; la nature avec ses aspects infinis et admirables, la famille et ses tendresses, toutes ces grandes choses qui, sous les cieux, émeuvent et ennoblissent l'homme, ont trouvé leur place dans ce Recueil, sous son titre de Bien Aimées du poëte. Mais, en revanche, il se tient au-dessus de la mêlée politique qui méconnaît trop fréquemment les intentions les meilleures, dénature le sens des mots les plus clairs, confond, par exemple, à tout propos, le sentiment religieux intime et évangélique avec le cléricalisme et n'est trop souvent que la négation de toute justice et de toute impartialité.

La plupart de mes poésies ont déjà paru dans des Revues et autres publications périodiques soit de Paris, soit de la province : l'accueil qui leur a été fait et les bienveillantes incitations de quelques amis m'ont déterminé à les réunir en Recueil.

Qu'elles aient ou non quelque mérite, ce qu'il me sera permis d'affirmer, c'est que toutes ces poésies ont été composées sous l'impression du moment, telle qu'elle a jailli chaque fois toute fraîche de ma pensée et de mon cœur. Toutes ont donc été vécues et ne sont pas le produit abstrait de l'élaboration d'un cerveau en état de ciseler tel ou tel nombre de strophes à l'heure. Il m'est arrivé de rester des mois, parfois une année entière, sans jeter une rime sur le papier. Je ne m'appliquais pas à beaucoup produire, mais à produire avec spontanéité et d'une franche envolée, quand le souffle inspirateur (qui ne se commande pas) voulait bien animer la faible créature que je suis.

A quoi bon, du reste, un plus long préambule ? Ouvrez ce livre, parcourez-en la table et quelques strophes : vous saurez ce que j'ai été et si je vaux la peine qu'on me lise plus attentivement.

Heureux si je puis, au milieu de l'indifférence et même peut-être des préventions de certains, à une époque où le progrès matériel apparent et l'éclat de quelques découvertes scientifiques dissimulent mal la décadence morale et l'abaissement presque général des caractères, heureux si je puis recueillir encore çà et là, surtout chez les humbles, les pauvres et les petits, quelques sympathies désintéressées, comme celles qui m'ont déjà aidé et soutenu jusqu'à ce jour !

I

LA FRANCE

MON GRAND DEUIL

L en est qui m'ont dit : « Ami, vous êtes triste,
   » Pessimiste et toujours rêveur,
» Le rire peu souvent sur vos lèvres persiste :
   » Ami, qu'avez-vous donc au cœur ? »

Ce que j'ai ? Mais hier, en pleine adolescence,
   Au printemps des illusions,
Au seuil de mes seize ans, l'âge de la croyance,
   L'âge des nobles passions,

Alors que l'on clamait : « La France est invincible !
   » Hommes et canons sont tout prêts ! »
J'ai vu l'invasion et l'ouragan terrible
   Balayer d'humaines forêts ;

J'ai vu les Allemands jouer la *Marseillaise*
      Par un sarcasme révoltant
Et Bismarck en landau se prélasser à l'aise
      Escorté d'un escadron blanc.

J'ai vu la trahison infâme, puis le traître
      — Dites-moi pourquoi ? — grâcié !
J'ai vu tout s'écrouler, j'ai vu tout disparaître,
      Meurtri, piétiné sans pitié !

Quand d'autres ont grandi sous des règnes de gloire
      Ou sous les ailes de la paix,
Aux chants de Béranger, aux refrains de victoire,
      Fiers de porter le nom français,

Comme un coursier dompté qui vainement se cabre
      Et que l'on tient à sa merci
Pendant près de trois ans j'ai vécu sous le sabre
      Des uhlans occupant Nancy.

Oui, tous ceux de mon temps sont tristes : leur tristesse,
      C'est celle des pays en deuil,
C'est celle de l'Alsace et de Metz, sœurs qu'oppresse
      Comme un couvercle de cercueil.

Non, nous ne rirons plus de bon cœur jusqu'à l'heure
      Où nous serons sûrs et certains

Que l'aube du réveil n'est pas encore un leurre,
    Un mirage des cieux lointains.

Et je me fais honneur de vivre inconsolable
    Jusqu'à ce qu'il me soit prouvé
Que ta blessure, ô France, est un jour guérissable,
    Que le lion s'est relevé.

Epinal (Vosges), Novembre 1879.

JEANNE D'ARC (1)

A M. Siméon Luce, de l'Institut.

L'ANGLAIS, les discordes civiles
  Epuisent un peuple éperdu ;
Orléans, joyau de nos villes,
Presque seul ne s'est pas rendu.

De Bourges le roi dérisoire,
Irrésolu, découragé,

(1) Petit poëme remarqué au milieu de très nombreux envois littéraires et récompensé par l'attribution d'une Mention honorable, d'un Diplôme artistique et d'un Ouvrage de librairie au Concours ouvert à Epernay, le 10 mai 1891, à l'occasion de l'érection d'une statue équestre de Jeanne d'Arc à Reims, sous la présidence de M. Jules Barbier, auteur dramatique. — Cette même poésie a valu, en outre, à son auteur, une lettre de M. Siméon Luce, trop élogieuse pour que je puisse la reproduire ici, mais conservée fidèlement en souvenir de l'éminent érudit que la mort devait frapper moins de deux années plus tard.

Erre dans les bourgs d'outre-Loire ;
Aucun désastre n'est vengé.

Sinistres semences de haine,
Les ravages de l'ennemi
Quelquefois jusques en Lorraine
Vont remplir d'effroi Domremi.

Jeanne, entends-tu l'écho de cette horrible guerre ?
C'en est trop, n'est-ce pas ? lève-toi ! laisse tout !
Viens ! Sauve ton pays ! — Qui ? Moi ! simple bergère ?
— Pars, Dieu fera le reste et te suivra partout.

En avant vers les lignes bleues,
Qui se perdent à l'horizon !
Jeanne en cent cinquante lieues
Va de Vaucouleurs à Chinon :

« Gentil seigneur Dauphin de France,
» Baillez-moi gens pour opérer
» D'Orléans prompte délivrance
» Et dans Reims vous mener sacrer. »

Charle hésite, puis se décide
Sans compter sur tant de hauts faits,
Et Jeanne entraîne, enfant candide,
Les capitaines stupéfaits.

2

A cheval, elle prête aux brises embaumées
De Mai, son front qu'anime un doux et fier regard ;
Elle a vêtu l'airain ; du Maître des armées
L'image ondoie aux plis de son blanc étendard.

    « Anglais, pourquoi, dans vos redoutes,
    » Railleusement nous bravez-vous ?
    » Vos bastilles croûleront toutes !
    » Michel Archange est avec nous ! »

Les couleuvrines, les bombardes
Vainement vomissent la mort ;
On grimpe à travers les lézardes,
On tente un formidable effort.

Jeanne, d'une flèche blessée,
Soudain l'arrache vaillamment
Et, vive comme la pensée,
Regagne le retranchement.

L'envahisseur s'effraie — il la croyait mourante —
Faiblit, crie au prodige et cède le terrain
Au gai bourdonnement de la Cité qui chante
Dans ses murs crevassés un *Te Deum* lointain.

    « Gentil Dauphin, l'heure est venue,
    » Le Léopard fléchit, tremblant,

» Les *Voix* m'ont parlé dans la nue :
» En marche vers Reims maintenant ! »

Charles délibère, mais Elle
Repart, agitant son drapeau,
Et le sort lui reste fidèle
A Beaugency, Patay, Jargeau.

Alors le roi pourtant écoute
Celle qui lui rend les fleurons
De sa couronne et, sur leur route,
Ils soumettent Troye et Châlons.

Voici Reims où la pierre, en ses arceaux gothiques,
Chef-d'œuvre surhumain de l'art et de la Foi,
Garde le souvenir des sacres magnifiques :
Jeanne, Reims tout entier t'acclame et vole à toi !

Noël ! ogives diaprées,
Resplendissez au clair soleil !
Que des amphores de vermeil
Coulent les huiles consacrées !

Accourez, ombres de nos Rois !
Noël ! Sonnez, cloches joyeuses !
Que vingt trompettes, mille voix
Ebranlent ces nefs merveilleuses !

Que l'encens aux spirales d'or
Se joue à flots dans la lumière !
Hymnes, redoublez votre essor :
Jeanne entre, portant sa bannière !

Son œil s'épanouit, humide de bonheur :
Obscure bergerette au faîte de la gloire,
Elle se dit, pressant son gage de victoire :
Tel qui fut à la peine a droit d'être à l'honneur.

Mais l'an d'après, soit de la guerre
Hasard maudit, soit trahison,
Jeanne cernée et prisonnière
Languit de donjon en donjon.

Puis dans Rouen et ses tours noires
Se suivent d'un nouveau Judas
Les subtils interrogatoires
Et les lourds lazzis des soldats ;

La menace de la torture,
Les moindres sanglots épiés,
D'obscènes essaïs de souillure,
La chaîne aux mains, les fers aux piés.

Enfin l'on rend l'arrêt, stigmate indélébile
Pour les juges, non pour celle qu'on croit flétrir ;

L'héroïne en charrette a traversé la ville,
On l'attache au bûcher : Jeanne, tu vas mourir !

Dans tes bras prends la Croix sublime !
Le Christ aussi fut au poteau :
Le culte alla vers lui, victime,
Et l'opprobre sur le bourreau.

Voyez ! une blanche colombe,
Quand Jeanne expire, monte aux Cieux ;
Ces feux cruels qu'elle a pour tombe
Sont l'aube d'un jour radieux ;

Même les lois de la Nature
Par respect fléchissent, dit-on,
Et son cœur, sans une brûlure,
Est retrouvé sous un tison.

Place du *Vieux-Marché !* ton nom dans nos annales
Impérissablement depuis lors est gravé :
Tu verras, quelque jour, des fêtes sans égales
Et nos petits-neveux baiseront ton pavé !

Francs à la longue chevelure,
Clovis à Tolbiac vainqueur,
Preux à la superbe stature,
A la légendaire valeur ;

Roland tombé dans les ravines
De Roncevaux, Charles Martel,
Philippe-Auguste après Bouvines,
Du Guesclin, héros immortel ;

Saluez cette humble inspirée
Venant incarner après vous
La France qui lutte entourée
De voisins de tout temps jaloux !

Courbez le front devant cette martyre sainte !
Jamais plus pur flambeau, de ses chastes rayons
Ravivant chez un peuple une espérance éteinte,
Ne dut illuminer la terre où nous vivons.

Et toi, plus moderne patrie
Faite aussi de sang et de pleurs,
Toi qui te recueilles meurtrie
Par d'inoubliables douleurs,

Si parfois demain, Mère Auguste,
Quelqu'un insulte à ton chagrin,
Si quelque guet-apens injuste
Se trame du côté du Rhin,

Choisis Jeanne d'Arc pour égide
Dans l'épopée aux vers géants

Que tu graveras, intrépide,
Au sommet des trônes branlants.

Et quand s'engagera la bataille suprême,
Lorsque fébrilement tes vieux tambours battront,
Pense à ce nom sans tache et tu vaincras quand même :
La France tôt ou tard sait laver un affront.

LES LENDEMAINS DE LA GUERRE

ANNÉE NOUVELLE

Un an finit, l'autre commence,
Et le livre du Temps compte un feuillet de plus...
Les trois derniers feuillets, tous nous les avons lus ;
　　　Qu'ils furent tristes pour la France !

Qu'écriras-tu, Seigneur, sur ceux de l'Avenir ?
Leur espace encor blanc, que doit-il contenir ?
　　　Trompera-t-il notre espérance ?

O toi, Dieu de clémence, ô toi, Dieu de bonté,
Daigne montrer encor ta longanimité.
　　　Madeleine la Pécheresse
N'eut qu'à pleurer un jour à tes pieds sa faiblesse,
Et d'un mot de pardon tu la régénéras.

Eh bien, la France est Madeleine ;
Tu sais être indulgent pour la nature humaine,
Oh ! n'est-ce pas, Seigneur, que tu la sauveras ?

Oh ! n'est-ce pas qu'elle a sa grande destinée,
Sa noble mission non encor terminée,
    N'est-ce pas qu'elle est ton Soldat ?
Que, surmontant demain l'épreuve passagère,
Elle va reverdir durant toute une autre ère
Comme un Chêne géant que nul antan n'abat.

1er Janvier 1873.

PUELLA DOLOROSA

ELLE était née avec une âme grande et belle ;
Il lui fallait l'Amour comme il faut l'air aux Fleurs :
Faute d'air, elle est morte étouffée... et sur elle,
    Navré, je viens verser mes pleurs.

Elle croyait, la douce et chère créature,
Toute l'Humanité vivant d'un même esprit ;
La Guerre lui semblait comme une horreur obscure
    Que jamais elle ne comprit.

Quand surtout elle vit, au soir d'une bataille,
Tous les débris épars des bronzes et du feu,
Son Fiancé fauché par l'aveugle mitraille
    Sous l'œil impassible de Dieu,

Elle ne put subir la chute de la France
Et, depuis ce jour-là, par degrés, lentement,
Elle alla vers la Tombe, ange de la souffrance
    Et martyre du sentiment...

Oui, je la vengerai, son ombre regrettée,
En flétrissant la Guerre et le Meurtre à jamais,
Et, sur l'Europe ainsi trop souvent dévastée,
          En prêchant un dogme de Paix.

Certes, ma cause est noble : elle est noble et féconde,
Sublime, elle s'élève au-dessus des partis :
C'est la cause de tous, c'est la cause du monde
          Des opprimés et des petits.

Il est beau d'être apôtre, et ce sera mon rêve :
O Fille de douleur, daigne un jour le bénir ;
C'est toi qui l'inspiras... que ton œuvre s'achève
          Et soit la loi de l'Avenir !

Octobre 1871.

PATRIE

Au Marquis de la Brande. (M. E. A.)

Enfants, vive à jamais le vieux pays gaulois !

La Patrie, elle est tout !... C'est la beauté des femmes,
L'escarpement des monts, la parure des bois,
L'élégance des corps, l'affinité des âmes,
L'histoire des aïeux, la sagesse des lois.

Enfants, vive à jamais le vieux pays gaulois !

Ce sont les monuments, Notre-Dame, le Louvre,
Et tous les panthéons remplis de souvenirs,
Les noms devant lesquels, ému, l'on se découvre,
Les peintres, les savants, les héros, les martyrs.

Enfants, vive à jamais le vieux pays gaulois !

C'est l'air natal, ce sont les fleuves indigènes,
Les clochers, les manoirs, les chants nationaux,
Les tombes, les berceaux, les autels, les carènes
Que sur les océans surmontent nos drapeaux.

Enfants, vive à jamais le vieux pays gaulois !

O France, peuple ardent, ingénieux, terrible,
Généreux, plein d'esprit, novateur, remuant,
Utopiste, vaincu, mais encore invincible,
Jusque dans tes défauts je t'adore pourtant.

Enfants, vive à jamais le vieux pays gaulois !

En toi couve toujours un levain de génie :
Quel géant tu serais si tu savais t'unir,
Français léger, contre la lourde Germanie,
Comme à toi de nouveau sourirait l'avenir !

Enfants, vive à jamais le vieux pays gaulois !

LE PEUPLE

De dédains et d'amour sur ce mot quel mélange,
    Comme on l'a prononcé depuis déjà cent ans,
Comme on l'a saturé d'opprobre ou de louange,
    Couvert d'ironie ou d'encens !

Qu'est-il donc ? chose vile ou radieuse idole
Pour les autels futurs ? Ni ceci ni cela :
Il est *homme*, pas plus, mais pas moins : son symbole
    Et son énigme, les voilà !

Homme : j'entends par là vivante et longue lutte
De l'aube avec la nuit, du mal avec le bien,
Relèvement d'un jour suivi d'une rechute,
    Parfois tout, parfois presque rien.

Entre le peuple et vous, voici la différence,
Gentleman, magistrat, capitaine ou savant,

Un peu moins de dehors, un peu plus d'ignorance,
    Mais aussi plus de cœur, souvent.

Donc à lui pas d'insulte et pas de flatterie,
Toujours plus de justice et plus de vérité :
Tous nous sommes enfants de la Mère Patrie,
    Qu'aucun ne soit déshérité.

LA GUERRE

Ils avaient au hameau de jeunes fiancées
    Qui filaient, en causant, le soir,
Et, les jours de repos, dansaient entrelacées
    Devant l'église ou le manoir ;

Ils avaient une mère aux rides douloureuses,
    Un père aux rares cheveux gris,
Et des sœurs, frais essaim de fauvettes joyeuses,
    Chantant dans leurs vallons chéris ;

Ils avaient leurs blés d'or, leurs vignes, leur chaumière
    Toute pleine de souvenirs,
Mais, le clairon en main, géant sombre, la Guerre
    Les a faits soldats et martyrs.

Puis, dans un coin perdu des noirs champs de bataille,
    L'aveugle mort les a broyés,

A brisé leurs destins, écrasé leurs entrailles
        Sous le feu des canons rayés...

Et trop souvent, ainsi, d'humaines hécatombes
        Arrosant les sillons sanglants,
Les fleurs des nations deviennent fleurs de tombes
        Pour la gloire des conquérants.

CECI TUERA CELA

(Victor Hugo : *N. D. de Paris.*)

~~~

A mon ami Hermann Ligier.

LE droit prime la force et la lumière l'ombre,
    Gutenberg l'imprimeur est au-dessus des rois ;
Sur son énorme affût, anachronisme sombre,
L'aveugle canon Krupp est primé par la croix.

L'avenir flétrira les chercheurs de conquêtes,
Les lauriers des Césars iront aux opprimés,
Et les hommes futurs, dans de superbes fêtes,
Se presseront l'un l'autre en leurs bras désarmés.

Les forts démantelés et les vaisseaux sur l'onde
De l'arc-en-ciel prendront pour drapeau les couleurs,

Et dans chaque hameau, sur tous les points du monde,
A la Fraternité l'on tressera des fleurs.

Dans le lointain, je vois les peuples, les empires,
Par un enfant conduits, sous les traits de la Paix,
Et la géante Guerre, aux meurtriers délires,
Sous son petit pied rose écrasée à jamais.

De Bellone je vois l'oiseau de triste augure,
Fuyant au clair soleil d'un radieux matin,
Disparaître à toujours dans la nuée obscure
Où dort enseveli l'esclavage romain.

RELÈVEMENT

L E penseur se recueille au sein de la nature,
  Sur les pics pourprés de rayons,
Regardant à ses pieds, dans la buée obscure,
  Les cités et les nations.

Tout enivré d'amour, d'azur et de mystère,
  De soleil et de majesté,
Il creuse lentement les destins de la terre,
  L'avenir de l'humanité.

Il prépare son âme attristée à la lutte
  D'où peut sortir salut ou mort,
Et contre la tempête où le monde est en butte
  Il cherche un phare, il cherche un port.

Pas de bruit ! Respectez, ô vents, sa rêverie :
  La Loi future germe en lui ;

Il voudrait ranimer notre France meurtrie,
    Lui trouver un suprême appui,

Et qu'un nouveau Messie, à la nuée ouverte,
    Se montre... à la fois fort et doux,
Puis, comme Ezéchiel, sur la matière inerte
    Souffle et dise : « *Morts, levez-vous !* »

PRIÈRE DU SOIR

PENDANT L'ARMISTICE

PETITS enfants, la cloche tinte,
    La brume assombrit le manoir,
Et là-bas on entend la plainte
Des troupeaux qui rentrent, le soir...

Le calme descend sur les plaines,
Les bois sont au recueillement
Et dans leurs profondeurs lointaines
Le vent pleure plus doucement.

Joignez les mains à la fenêtre
Devant le couchant rouge encor :
Regardez au ciel, car peut-être
Dieu passera sur un char d'or.

Et priez... Dites : « *Notre Père,*
» *Que votre règne arrive en nous ;*
» *Ramenez la paix sur la terre,*
» *Dissipez le mal devant vous.* »

Priez, afin que sur le monde
Il se lève enfin, ce grand jour
De la fraternité féconde
Et de l'unité dans l'amour.

Petits enfants, âmes sereines
Dont dépendra notre avenir,
Anges que les hontes humaines
N'ont pas encore osé ternir,

Chérubins de la jeune France,
C'est à vous d'implorer les cieux :
Le Seigneur chérit l'innocence,
C'est vous qu'il comprendra le mieux.

Février 1871.

HISTOIRE A REFAIRE

Au poëte Edouard Jouin, auteur du
CHANT DES ECOLES DU BERRY, *etc.*

Un pâtre devint pape, un pauvre bûcheron
    Présida la jeune Amérique :
Un homme bien trempé, cœur droit, vaillant et bon,
    Peut sauver la chose publique...

Législateurs, malgré tant de savants décrets
    Dont vous calculez chaque phrase,
Au bonheur social vous n'arrivez jamais
    Faute de trouver une base :

C'est toi, fraternité ! C'est l'éducation
    Changée, et mettant en lumière
Non pas les conquérants, non point la passion
    De tous ces fléaux de la terre,

Non la guerre, instrument de hasard et d'orgueil,
Non le cortège des batailles,
Sinistre, traversant les nations en deuil
Comme d'immenses funérailles,

Mais tant d'humbles martyrs du droit et du devoir
Dont la mémoire est délaissée,
Hommes de vérité, de travail, de savoir
Et de progressive pensée.

Lumineux novateurs, chercheurs impartiaux,
Infatigables prosélytes,
Bienfaiteurs de tous temps, anciens et nouveaux,
Rayonnants de leurs seuls mérites !

Voilà pour nos enfants, frères nés pour s'aimer,
Comment il faut graver l'Histoire,
Pour quels lutteurs il faut les enthousiasmer,
Pour quelle impérissable gloire !

II

LES SYMPATHIES

AMOUR INAVOUÉ

La veille du combat, une jeune recrue
 Se croit brave et lorsque l'heure enfin est venue
        Elle se trouble tant
Qu'elle s'enfuit parfois sans penser à la honte,
Au désastre, aux lazzis du rival qui remonte
        Sur le rempart brûlant.

Tel je suis en amour : avant d'aimer Lucile
Je croyais qu'un aveu du cœur était facile,
        Mais quand l'occasion
Me tend son cheveu d'or, ma bouche reste close,
Je cache ma blessure ou parle d'autre chose
        Que de ma passion.

Vouloir ne suffit pas ! On voit des gens frivoles
Se répandre sans cesse en fades hyperboles,
        Papillonner partout,

Offrir un égal culte à toutes les déesses,
Chaque matin vanter de nouvelles prouesses,
      Passer par-dessus tout.

Moi, je suis un timide, et cependant peut-être
Elle voudrait m'entendre et lire dans mon être...
      Mais quand l'occasion
Me tend son cheveu d'or, ma bouche reste close,
Je cache ma blessure ou parle d'autre chose
      Que de ma passion.

Ferai-je comme ceux qui, rongés par les fièvres
Depuis longtemps déjà, trempent un soir leurs lèvres,
      Pauvres lèvres en feu,
Dans un breuvage amer, le seul qui parfois sauve
Mais qui peut les tuer au fond de leur alcôve,
      Mettrai-je tout mon jeu ?

Non, j'ai trop peur ainsi d'irriter sa belle âme :
Mon respect seul demeure aux pieds de cette femme
      Et quand l'occasion
Me tend son cheveu d'or, ma bouche reste close,
Je cache ma blessure ou parle d'autre chose
      Que de ma passion.

(Imité d'une ballade catalane, de Luis de Villarosa.)

A UNE INCONNUE

Au travail journalier avec joie échappée,
    Elle rentrait, le soir, dans un manteau drapée
        Et sa voilette noire au front ;
Elle longeait les murs, ombre mystérieuse,
Et la lune argentait sa tête gracieuse
        D'un suave et pâle rayon...

J'ignorais tout alors, son nom et sa fortune ;
Tout ce que je savais, c'est qu'elle semblait brune
        Avec un doux regard rêveur :
Je la suivais, timide, à cent pas de distance,
Sans qu'elle s'en doutât, je l'aimais en silence
        Et je priais pour son bonheur...

J'ai voulu lui graver sur mon livre une page,
A la vierge inconnue, et lui rendre un hommage
   Tout palpitant de tendre émoi :
Ne se pourrait-il pas qu'un jour elle me lise
Et que, se souvenant, rougissante, elle dise :
   « Cette femme est peut-être moi ? »

A PROPOS D'UNE BELLE PASSANTE

Je ne sais pas ton nom, femme, mais je devine
    Que tu dois t'appeler Blanche ou bien Angéline,
Tant ton sourire est pur et ton visage doux !
Je ne sais pas non plus ta demeure, et je pense,
Colombe, que ton nid doit être une Provence,
Ayant l'azur des flots sans avoir leur courroux !

J'ignore aussi de qui tu descends... mais, peut-être,
Celui qui nous éclaire est-il ton seul ancêtre
Et viens-tu, tendre lis, d'un rayon de soleil ?
A moins que tu ne sois sous ton manteau quelque ange
Curieux, venant voir notre existence étrange,
Faite d'ombre et de jour, de veille et de sommeil,

Un messager de Dieu notant ce qui se passe,
De tes regards profonds suivant l'humaine trace

4

Sur cette sombre terre aux sillons douloureux,
Puis retournant au ciel raconter ton voyage
Et donner ton avis sur ce que vaut notre âge,
Si nous sommes meilleurs que n'étaient nos aïeux ?

Oh ! dis un petit mot pour moi, nouveau poète,
Dis que je sens rouler l'infini dans ma tête,
Que j'ai le grand désir d'être apôtre, et voudrais
Jeter, tel qu'Isaïe à la lèvre brûlante,
L'éternelle parole au sein de la tourmente,
Comme un prolongement d'échos sur les sommets !

Mais non... je me trompais... je crois te reconnaître,
T'avoir vue autrefois à ton humble fenêtre,
Où mes yeux attendris aimaient à se poser :
Ange, je m'en souviens, tu n'es qu'une ouvrière,
Mais si belle, qu'un soir à ton portail de pierre,
Naïvement, j'ai fait l'hommage d'un baiser...

O temps où je croyais toute fille candide,
O jours de chaste ardeur, de puberté timide,
De platonique amour, qu'êtes-vous devenus ?
Jours où la femme était pour moi madone sainte,
Adorée en secret, abordée avec crainte,
Ecoulés à jamais, vous ne reviendrez plus !

Dans le fourmillement vague des grandes villes,
Dans ce chaos vivant d'âmes nobles et viles,

J'ai perdu le meilleur de mes illusions ;
J'ai de mon idéal troublé les hautes lignes,
J'ai brûlé mon encens sur des autels indignes
Et terni ma blancheur au choc des passions !

Et pourtant, je te mets toujours une auréole,
Toujours je cherche en toi mon rêve et mon idole,
O sexe gracieux par qui tant ont souffert !
Seulement tu m'auras enseigné la prudence :
Je choisirai ma fleur dans ta guirlande immense,
Et je ne tiendrai plus mon cœur tout grand ouvert...

1875.

CHEMINS CREUX

LORSQUE j'entreprends un lointain voyage
J'aime des chemins unis, larges, droits,
Mais pour rêver deux, le soir, sous l'ombrage,
C'est vous l'idéal, vieux chemins gaulois.

Pour causer d'amour, aux routes modernes
Je préfère encor, malgré leurs sillons,
Ces longs chemins creux par où les Arvernes
Débouchant, tombaient sur les légions.

Entre les buissons et sous la ramure
Dômes vénérés de paix et d'oubli,
Ce sont des tunnels... tunnels de verdure
Où l'on n'a pas peur d'être enseveli.

Ce sont des aïeux tout ridés d'ornières
Où le pied trébuche aux cailloux anciens,

Mais calmes, profonds, discrets, solitaires,
Gardant le secret des chers entretiens.

Par ici, par là, l'herbe envahissante
Amortit les pas des amants charmés
Et le chèvrefeuille à la fleur grimpante
Leur tend à souhait ses dons embaumés.

Rejetons de ceux des temps druidiques
Dont la serpe d'or émondait le gui,
Par endroits, des troncs de chênes antiques
Cachent, indulgents, le couple allangui.

O mes vieux chemins de la vieille Gaule,
Nids de souvenirs merveilleux et doux,
Parcourus le front penché sur l'épaule
D'une enfant fidèle à mes rendez-vous,

Quand je vous revois, mon cœur gros de larmes
Pleure le passé perdu pour toujours ;
Vercingétorix a mis bas les armes,
Les héros sont morts, mortes mes amours.

INFIDÉLITÉ

J'AIMAIS une enfant trop légère,
   Pour un autre elle m'a quitté :
Elle en rit, la folle beauté,
Mais vienne la tristesse amère,
Mon amour sera regretté.

Car le cœur triste a la mémoire
De l'attachement d'autrefois,
Le passé revit à la voix
De la douleur expiatoire,
Et l'on n'aime bien qu'une fois.

J'aimais une enfant trop légère,
Pour un autre elle m'a quitté :
Elle en rit, la folle beauté,
Mais vienne la tristesse amère,
Mon amour sera regretté.

Mon rival lui plaît davantage,
Mais moi je lui plus le premier,
J'eus son sourire printanier,
Elle a beau se faire volage,
Elle ne pourra m'oublier.

J'aimais une enfant trop légère,
Pour un autre elle m'a quitté :
Elle en rit, la folle beauté,
Mais vienne la tristesse amère,
Mon amour sera regretté.

Elle verra que son intrigue,
Que ce vain-caprice d'un jour,
Ne vaut pas notre vieil amour,
Et, faible, pour l'enfant prodigue
J'aurai le pardon du retour.

J'aimais une enfant trop légère,
Pour un autre elle m'a quitté :
Elle en rit, la folle beauté,
Mais vienne la tristesse amère,
Mon amour sera regretté.

1876.

LE SECRET

~~~~~~~~

Secret de crainte et de tristesse,
   Toute âme humaine a son secret,
Secret d'espoir et d'allégresse,
   Ou de regret.

L'un rêve pinceaux et sculpture,
Un autre des salons dorés,
Un autre la belle nature
   Et l'or des blés.

Celui-ci médite un voyage
De Rome au seuil du Parthénon,
Celui-là voudrait, vrai mirage,
   Se faire un nom.

Moi je préfère, sainte chose,
Mon secret, le secret d'amour,
Le secret d'une lèvre rose
    Au doux bonjour.

Je préfère au grand art la vie,
A la gloire un peu de bonheur,
Et je me mourrais, brune amie,
    Loin de ton cœur.

1882.

*Mise en musique par Mme A. P*** .)*

RÊVE DE QUINZE ANS

J'AI besoin de l'aimer, cette noble figure
   Qu'on appelle du nom sacré d'*humanité*
Et qui, depuis l'antique exil d'Adam, murmure
Sa complainte, à travers la sourde immensité.

J'ai besoin de l'aimer, de verser goutte à goutte
Mon cœur au fond du cœur d'êtres faits comme moi ;
Aux passants tout meurtris des ronces de la route
Je voudrais rendre un peu d'espérance et de foi.

Je voudrais être un baume à l'âme malheureuse,
A l'affreuse tempête un reflet de soleil,
Une divine étoile à la mer orageuse,
Une aube rayonnante aux heures du réveil.

Je voudrais être tout... et que pas une larme
Ne découlât d'un œil sans moi pour l'adoucir ;
J'aurais l'esprit de paix, la bonté qui désarme
Et le pardon tout prêt pour chaque repentir.

J'aurais pour but de voir, dans un accord sublime,
S'unir et converger tous les efforts humains,
La discorde vaincue et rentrant dans l'abîme,
L'amour guider le monde à de nouveaux destins,

Partout le pénétrer de sa sève infinie,
Le couvrir du manteau fleuri des clairs printemps,
De ses mille penseurs décupler le génie,
Ramener l'âge d'or, mythe des anciens temps.

. . . .

Que tu me semblais beau, rêve de ma jeunesse,
Idéal de mes jours et songe de mes nuits,
Quand je croyais entendre, en ma superbe ivresse,
Des constellations les harmonieux bruits !

A te réaliser je consacrais ma lyre,
Ma volonté, tout moi... mon suprême bonheur
C'eût été de penser à toi seule et d'écrire
Un poëme à ta gloire, humanité, ma sœur.

Mais sans l'avoir écrit je quitterai la terre :
Les canons allemands couvrent ma faible voix,
La force prime tout : sous la sottise altière
Du sabre, nous rentrons une nouvelle fois.

Octobre 1870.

FRÈRE INCONNU

(Impromptu, en chemin de fer.)

Avec toi dans les flancs de ce cheval d'airain,
  Je te suis inconnu, Laprade, qui crayonnes
Des vers sur ton carnet de voyage, et qui donnes
Au sublime idéal un vêtement humain ;
Inconnu... cependant, jeune, je fus poëte,
Sans être un Chénier, j'eus mon humble rêve en tête (1),
Comme toi par la Muse immortelle allaité
J'ai bu le même amour à ces lèvres de femme
Et je sens entre nous presqu'une parenté
Puisque le même souffle a passé dans mon âme.

(1) On sait que, marchant à l'échafaud, André Chénier disait, en se frappant le front :

« *Et pourtant, j'avais quelque chose là !* »

ASSISTANCE

La vie a du bon quand des misérables
 Adressent pour vous leur prière aux cieux,
Lorsqu'en embrassant vos mains secourables
Vers vous, tout émus, ils lèvent les yeux.

Le front s'éclaircit lorsqu'en ces Asiles,
Abris du cancer et des maux sans noms,
On glane en passant des mercis fébriles,
Même d'insensés dans leurs cabanons (1).

O vous qui cherchez un but sur la terre,
-Vaincus du destin ou rêveurs en deuil,

(1) Entre autres missions bénévoles qu'il a remplies ou remplit encore,
l'auteur a été environ huit ans membre (dont six années membre président)
de Commissions de surveillance d'Asiles d'incurables et d'aliénés et d'un Dépôt
de mendicité.

Venez secourir l'homme, votre frère,
Des abandonnés visitez le seuil.

Devenez l'appui de l'âme brisée,
Et le confident des inconsolés,
Aux cœurs desséchés versez la rosée,
Perle de fraîcheur sur des champs brûlés.

Devinez, calmez les mille blessures
Que le sort cruel creuse autour de vous,.
Des ingrats laissez tomber les injures
Car le Christ a dit : « *Bienheureux les doux.* »

LE CASSEUR DE PIERRES

~~~~~~~~

Cet homme est une grande et sainte allégorie...
    Cet homme, c'est l'humanité
Faite pour le travail, courbée, endolorie,
    Jouet d'un génie irrité ;

L'humanité changeante, instable, immense grève,
    Incertaine dans ses destins
Comme ces tourbillons de sable que soulève
    Le vent, le long des grands chemins ;

L'humanité cherchant à casser pierre à pierre
    Ses préjugés et ses erreurs
Pour aplanir un peu sa route séculaire
    Où le sang se mêle aux sueurs.

O pauvre cantonnier, je t'aime et je t'admire,
    Vieux symbole du lent progrès :
J'ai voulu saluer ta cabane et te dire
    Ce qu'en toi, rêveur, je voyais ;

J'ai voulu faire honte à trop de misérables
    — Parvenus sourds aux malheureux —
Qui n'ont pour idéal que les mets de leurs tables
    Et qui ne vivent que pour eux.

LES MISÉRABLES

O vous tous qui n'avez pour abri sur la terre
    Qu'un galetas souvent sans feu,
Lutteurs aux reins puissants maigris par la misère,
    Membres souffrants de l'Homme-Dieu ;

Infirmes, orphelins, travailleurs en chômage
    Vivant comme l'oiseau des champs,
Vaincus dont l'horizon est veuf de tout mirage,
    Terrassiers des tunnels géants ;

Mineurs, verriers, malteurs, vous femmes, que j'ai vues
    La courroie à vos seins meurtris,
Hâler de lourds bateaux, vous qui, les jambes nues,
    Arrachez les longs varechs gris,

Vous qui, les bras rougis, lavez dans l'eau glacée
    Le linge roidi par l'hiver,

Et vous, les écrivains pauvres, dont la pensée
    Faiblit sous un sort trop amer ;

Misérables, salut ! des votes populaires
    Je ne quête pas le tribut,
Je n'ai jamais brigué d'honneurs parlementaires,
    Sans calcul je vous dis : Salut !

Je suis un ami vrai : faible enfant de mes œuvres,
    Je hais le faste et la faveur,
Je hais tous ces flatteurs, méprisables couleuvres
    Qui gâtent le peuple en sa fleur ;

Mais je n'ai jamais vu, dans l'univers immense,
    Spectacle plus digne et plus beau
Qu'un misérable honnête et de son indigence
    Portant sans tache le fardeau.

VELATA

A René X···.

RENÉ, vois-tu là-bas, sur un banc, dans l'allée
    Où l'élégant Nancy s'est donné rendez-vous,
Au bord de ce bassin, une tête voilée,
Profil de jeune fille aux yeux tournés vers nous ?

Son front semble attristé, mais cependant rayonne
De grâce virginale autant que de candeur :
Il a comme un reflet de ces soleils d'automne
Pleins de mélancolie et d'ultime douceur...

Mon rêve, Ami, serait qu'elle se lève et vienne
Et, sa main dans ma main, dise : « *Souffrons à deux ;*
» *Tu voudrais une sœur : je vais être la tienne,*
» *J'embaumerai d'amour ton sillon douloureux ;*

» *Mon sourire aidera ta grande et noble lutte*
» *Pour l'immortalité : de moitié je serai,*
» *O chercheur d'avenir, dans ta gloire ou ta chute,*
» *Et, si le sort t'abat, je t'en consolerai.* »

Alors, Ami, rempli d'une force nouvelle,
Je saurais triompher du plus ingrat destin
Et rendre belle encor cette langue immortelle
Dont Apollon charmait jadis le genre humain.

Nancy, promenade dite DE LA PÉPINIÈRE,
Octobre 1876.

A LA POÉSIE

REVENEZ, soirs de rêveries,
Reviens, bel âge que j'aimais !
Quoi ? les roses seraient flétries
Sur ton front courbé pour jamais ?

Cette blanche âme qui soupire
Va-t-elle se désenchanter
Et n'aurai-je plus à ma lyre
Une corde encor pour chanter ?

Muse immortelle, ô Poésie,
Aux yeux d'azur, aux ailes d'or,
Avec ta coupe d'ambroisie
Ne reviendras-tu plus encor ?

N'iras-tu plus, au crépuscule,
Avec moi, sous les bois ombreux ?

Sur les flots où ma voile ondule
N'irons-nous plus voguer tous deux ?

Chercher l'écho de ces voix douces
De la nature et du printemps,
Les anémones sous les mousses,
La polaire aux cieux rayonnants ?

Règne sur mon cœur sans rivale,
Verse-moi la gloire et l'amour,
A genoux, déesse idéale,
Je veux t'adorer chaque jour.

Ce sont tes baisers que j'envie,
C'est l'enlacement de tes bras :
Le long du chemin de la vie
Sois ma compagne et suis mes pas ;

Et si je désertais ma lyre
Sous les coups du sort écrasé,
Ne m'en veux pas : reste pour dire
« Bon courage » à mon cœur brisé.

GEMMA VIVENS

JEUNE fille, perle vivante
Posée au front du genre humain,
Enchanteresse rayonnante
Dont le pouvoir est souverain ;

Toi dont les tendresses embrassent
Jusqu'aux êtres inanimés,
Jusqu'aux fleurs de bluets qui passent,
Aux ruisseaux des prés embaumés ;

Toi dont la fraîche voix murmure
D'avril l'éternelle chanson,
Toi qui, par instinct de nature,
Mets le cœur avant la raison ;

Toi qui n'as pour toute défense
Que ta voilette et ta pudeur,
Ton sourire pour éloquence,
Pour force un rêve de bonheur ;

Ta grâce désarme la haine,
Subjugue le canon béant,
De tes yeux la clarté sereine
Est une aube après l'ouragan ;

Et quand l'Occident se décime
Pour quelques stades d'un pays,
Ta prière au grand vol sublime
Planant sur peuples et partis,

Monte au Père des cieux, demande
Que son règne arrive à son tour,
Que son esprit de paix s'étende
Et qu'on soit Un en son amour.

Janvier 1871.

GRACE DE L'AGE MUR

La grâce est coutumière à l'aube de la vie,
  Elle ne surprend pas chez les petits enfants,
Même elle est naturelle à ces fronts de quinze ans
Qui ne connaissent point l'humaine comédie ;

Mais lorsqu'on la rencontre avec sa poésie
Inaltérée, à l'âge où les pas se font lents,
A l'âge où les cheveux s'estompent de fils blancs,
C'est un bijou de prix, une rare magie ;

Sous les rides du temps c'est l'âme qui sourit,
Aux désillusions c'est le cœur qui survit,
Le cœur resté vaillant, généreux et sans haine ;

C'est le dernier rayon d'un clair déclin d'été,
Pour emprunter le vers charmant de La Fontaine :
« *C'est la grâce, plus belle encor que la beauté.* »

INVIOLATA

Tu t'es trompé de route en descendant sur terre,
    Ta divine nature était digne de mieux,
Retourne en ton pays d'amour et de mystère,
Ange tombé trop bas, remonte dans les cieux !

Car, vois-tu, notre monde est un océan sombre,
Un chaos éternel de flots capricieux :
Oh ! crois-moi ! ne va pas te mêler à leur nombre,
Ange tombé trop bas, remonte dans les cieux !

Ne laisse pas souiller ta robe blanche et pure
Ni la virginité de ton front gracieux :
Ton cœur manquerait d'air sur notre sphère obscure,
Ange tombé trop bas, remonte dans les cieux !

Et pense quelquefois à l'âme désolée
Du pâle enfant rêveur qui baisait tes cheveux :
Sur ta tombe fleurie, au fond de la vallée,
Il attendra le jour de te rejoindre aux cieux...

        30 Janvier 1877.

                (*Mise en musique par M. A. Humbert.*)

III

LA NATURE

PERVENCHE

A mon ami M. P. L. d'Arc.

REFLET adouci d'un ciel pâle,
  Gracieuse goutte d'azur,
Charmante perle végétale
Au frais calice clair et pur,

Pervenche, sœur en modestie
Des violettes de nos bois,
Je te cueille avec sympathie
Comme un souvenir d'autrefois,

Toi qu'aimait l'auteur d'*Héloïse*,
Petite étoile au front d'Avril,
Bleu saphir sur la terre grise,
Sur la pauvre terre d'exil.

Entre quatre ifs aux vertes branches,
Quand demain je me coucherai,
C'est sous un tapis de pervenches,
Que pour toujours je dormirai.

(*Mise en musique par M. A. Humbert.*)

A PETIT PAUL

PETIT Paul, enfant né durant l'horreur des guerres,
   Ange qui, souriant aux révolutions,
Sans comprendre pourquoi, voyais lutter nos frères
Et, sombres, se heurter deux grandes nations.

Toi qui, vers le drapeau de l'Etranger farouche,
Innocemment levais tes regards étonnés
Et tremblais aux hourrahs qui sortaient de sa bouche,
Au bruit sourd des canons à la file traînés.

Quel charme de chercher à pressentir l'Idée
Qui germe, lève et croît sous ton front gracieux,
Eclair sur cette peau qu'aucun pli n'a ridée,
Réverbération de l'âme dans tes yeux !

Oui, les timides mots que ta voix balbutie,
L'adorable candeur qui s'exhale de toi,

Ta lèvre qui toujours demande ou remercie,
Ta mignonne main jointe et ta naïve foi,

Tes premiers pas craintifs aux sentiers de ce monde,
Ta divination vague de l'Infini,
Les boucles encadrant ta fine tête blonde,
Ton cœur qu'aucun penser infime n'a terni,

Tout te rend le joyau divin de la nature,
Et parfois je crois voir, quand tu me tends les bras,
Comme un ciel s'entrouvrir sur la nuée obscure
Où gronde le chaos des choses d'ici-bas.

Nancy, 1873.

L'*ANGELUS* DU SOIR

QUAND sous le vent du soir s'assoupit la nature,
  Qu'en un écho suprême, en un plaintif murmure,
    La cloche tinte un chant béni,
Lorsqu'un croissant d'argent à la pâle auréole
Perce l'azur lointain, que notre esprit s'envole
    Dans les plaines de l'infini,

Oh ! n'est-il pas dans l'homme une heure de silence
Où la prière ailée, enfant de la souffrance,
    A quelque chose de divin,
Où l'âme vibre en nous comme une intime lyre,
Veut prendre son essor ardemment, et soupire
    Après le grand jour sans déclin ?

Oui, mon Dieu, c'est alors qu'à toi je m'unifie,
Que ton sublime amour pénètre et vivifie
    Tout mon être idéalisé,

Alors que ton sourire entrevu dans l'extase,
Eternelle beauté, me console, m'embrase
      Et relève mon cœur brisé...

Puis je reprends ma route avec plus de courage
Quand j'obtiens de ta grâce, à travers ton nuage,
      Le charme de t'apercevoir :
Ma croix est plus légère et mon destin moins sombre
Et les sons de l'airain qui se meurent dans l'ombre
      Semblent me dire : « Bon espoir ! »

ESQUISSE

C E matin s'avançait, le long de cette allée,
    Une femme appuyant sa main blanche effilée
      Sur l'épaule de son enfant :
Le fils avait dix ans, la mère en comptait trente,
Svelte, elle se penchait, gazelle nonchalante,
      Sur son trésor, en souriant...

De son vivant support elle était toute fière,
Semblait dire : « *Voyez ! En lui j'aime et j'espère ;*
      » *C'est mon tout ! C'est mon Chérubin !* »
Et le bambin, levant sa fine tête blonde,
Lisait dans son regard sa tendresse profonde
      Comme au fond d'un miroir divin...

Pour moi, j'aurais voulu fixer, d'après nature,
Ce groupe, en quelques traits d'élégante gravure,

Et, songeur, je pensais tout bas :
Lui va devenir grand, bientôt aussi grand qu'elle,
Et, tout fier à son tour de la voir toujours belle,
        A sa mère offrira son bras...

SAVEZ-VOUS...

(Pensée d'album.)

Savez-vous quand je dis ma meilleure prière ?

Au réveil annuel de la nature entière,

En cueillant du printemps l'anémone première.

A UNE ÉTOILE

Que regardes-tu dans la plaine,
    Petite étoile du bleu ciel ?
    Serait-ce moi, pauvre mortel ?
Serais-tu sensible à ma peine ?

Sur moi repose ton œil d'or :
Se croire aimé charme et console ;
D'un rayon de ton auréole
Caresse mon front sombre encor.

Blonde enfant de la nuit sereine,
Petite étoile du bleu ciel,
Serait-ce moi, pauvre mortel,
Que tu regardes dans la plaine ?

Comme l'astre de mes destins
Je rêve à toi, je te désire,

Je cherche ton lointain sourire
Pour guider mes pas incertains.

De ta lueur j'aime la grâce,
Ta mélancolique douceur,
Brillant joyau du Créateur ;
Mais, hélas ! ton éclat s'efface

A la première aube des jours !
Phare de l'âme, ô poésie,
Divine étoile du génie,
Toi du moins pour moi luis toujours...

TRISTITIA DULCIS

Qu'il est simple, ce site! Un vieux bois, une route
   Qui le traverse et grimpe au loin vers le couchant,
   Le bruit d'une eau qui coule aux alentours sans
Un inconnu qui passe et salue en passant...   [doute,

Qu'il est simple! et pourtant je sens un souffle d'âme
Frissonner dans l'azur, courir au flanc des monts ;
La nature est pour moi comme une grande femme
Rayonnante sous l'or des soleils, des moissons,

Rajeunie en avril, blanchissante en automne,
Mélancolique au soir et rieuse au matin,
Mais divine surtout la nuit, sous sa couronne
D'étoiles, que surmonte un croissant argentin.

Oui, mon Dieu ! tu m'as mis au cœur une tendresse
Presque infinie envers tout ce que tu créas :
Le charme de tes cieux descend sur ma tristesse
Comme un baume, et la terre est moins dure à mes pas.

La mort même à mes yeux semble presque sourire,
J'aspire au grand repos sous les saules pleureurs
Et, dans mes derniers vœux, j'aurai soin de redire
Qu'à ma tombe il faudra des fleurs... beaucoup de fleurs.

ROSE D'AUTOMNE

Le Poëte :

Dis-moi, charmante rose
Où l'abeille se pose
Quel sera ton destin ?
Pourras-tu voir encore
Se lever une aurore
Et vivras-tu demain ?

La Rose :

Oui (du moins je l'espère),
Je vivrai sur la terre
Plus longtemps que mes sœurs,
Car ma tige est moins frêle
Et ma fleur encor belle
En ses vives couleurs.

Le Poëte :

Eh bien, rose coquette,
Alors je te souhaite

Gloire et sort éclatant :
Brille dans quelque fête
Sur la plus fine tête
Le front le plus riant.

Orne la jeune fille
Qui laisse sa famille
Pour le toit d'un époux,
Ou la couche enfantine
Sur laquelle s'incline
Une mère à genoux.

De candeur vrai symbole
Découvre ta corolle
Sur quelque blanc autel
Et que ta dernière heure
Parfume la demeure
Où sourit l'Eternel.

Épilogue :

Vains rêves ! une averse
Subite bouleverse
Les reines du jardin :
Un vent froid les disperse
Et d'un souffle renverse
L'idéal de demain.

(Mise en musique par Mme A. P^···.)

SUR LA MONTAGNE

D E la cime des monts j'aime à voir, dans la plaine,
Le noir fourmillement de la cité prochaine,
A m'enivrer d'air pur,
A me sentir plus loin des intrigues du monde,
Loin de la mer humaine en tempêtes féconde
Et plus près de l'azur.

Je crois toucher aux cieux : mon âme dilatée
Sur les ailes des vents semble comme emportée,
Ma chair devient esprit,
Je me fais plus léger que les feuilles d'automne,
Plus léger que l'oiseau dont le haut vol étonne
L'écolier qui sourit.

Je suis indépendant : le ciel seul me domine,
Tout bruit meurt à mes pieds, et la cloche argentine
            Seule va jusqu'à moi,
Et, saisi par degrés d'une extase infinie,
Je me surprends, Seigneur, sur la roche brunie,
            A genoux devant toi...

VIES HUMAINES

Qu'ÉTAIENT-ILS donc, ceux qui, sous la ronce et le
    Désormais froids, muets et sourds,   [lierre,
Ne souffrent plus de rien dans leurs couches de pierre
    Et se reposent pour toujours ?

Ils ont enfin quitté la comédie humaine,
    Le bruit, la lutte, le chaos,
Les inégalités dont cette terre est pleine
    Et le ver joue avec leurs os...

Jeunes, ils aspiraient à l'amour, à la gloire,
    A la sainte fraternité,
Et l'on s'est moqué d'eux, et la tristesse noire
    A pris leur cœur désenchanté.

Jugeant trop rude alors le destin des apôtres,
    Des grands hommes, des précurseurs,
Un jour ils se sont dit : « *Soyons comme les autres,*
    » *D'insouciants et bons viveurs.* »

Et les voilà courant après l'or et les femmes
  Dans votre cohue, ô cités,
Sous de honteux plaisirs obscurcissant leur âmes
  Loin des Dieux par eux désertés ;

Jusqu'à l'heure où, lassés, trouvant fade leur coupe,
  Endoloris et repentants,
Ils ont laissé la Mort les asseoir à la croupe
  De son coursier aux pâles flancs.

Voilà la vie : au seuil féconde, noble, ardente,
  Puis amère déception,
Puis étourdissement, chute de pente en pente,
  De passion en passion,

Enfin deuil... place faite à d'autres qui surviennent
  Et se succèdent à jamais
Pendant que les saisons s'écoulent et reviennent,
  Que les prés fleurissent en paix,

Que le bois voit verdir ses retraites profondes,
  Que l'oiseau gazouille un chant pur,
Qu'un même soleil brille et que les mêmes ondes
  Réfléchissent le même azur...

PROVIDENCE

~~~~~~

A Mme la Vicomtesse
Hyde de Neuville-Bardonnet.

CE mot est murmuré par toute la Nature,
      Du brin d'herbe au chêne géant ;
L'Univers, vu de haut, forme une architecture
      Dont il est le couronnement...

Que n'a-t-il pas fallu de tendre prévoyance,
      D'intelligence et de bonté,
Pour donner l'harmonie à ce poëme immense,
      D'une écrasante majesté ? .

Pour ne rien oublier, pas même un ver, pas même
      Un humble bluet dans les champs,
Un muscle aü corps de l'homme, un astre au diadème
      Dont s'ornent les cieux rayonnants ?

O grand amour de Dieu ! C'est toi mon espérance
  Et l'étoile de mon chemin :
Non, tu ne m'as pas fait rien que pour la souffrance
  Du globe où je vis, pèlerin ;

Elles tendent à toi, les ailes invisibles
  De mon esprit et de mon cœur ;
Les ombres du trépas ne me sont point terribles,
  Je vois la mort comme une fleur,

Fleur de ce qui n'était qu'un germe sur la terre,
  Suprême épanouissement
Des facultés de l'âme, indicible mystère
  D'éternel émerveillement.

POÉSIE DES CHOSES

~~~~~~

Au poëte Hugues Lapaire.

D'UN rien, d'une fleur odorante,
  Du vol d'un papillon vermeil,
D'un peu de brise murmurante,
Le poëte s'enivre et chante
Comme la cigale au soleil.

Car tout cache une poésie
Que les Muses savent trouver
(Comme l'abeille l'ambroisie)
Au royaume de fantaisie
Dont le moindre coin fait rêver.

Et c'est là sa prérogative
Au poëte de tous les temps,

Qu'à toute forme fugitive
Qui devant lui passe, plaintive,
Il donne une âme et des accents ;

Dans tous les cœurs il lui faut lire,
Partout il doit porter ses pas
Et l'écho vibrant de sa lyre
Pour que de lui l'on puisse dire :
« *Toujours jeune, l'art ne meurt pas.* »

BULLES DE SAVON

~~~~~~~

A petite Madeleine.

MIGNONNE aux tresses blondes,
Vers l'azur rayonnant
Souffle et lance des mondes,
Des mondes d'un instant.

Par un autre remplace
Le globe disparu,
Suis la nouvelle trace
De ce nouveau venu.

Fais-le monter plus vite,
Plus brillant, plus léger,
Saute et chante et profite
Du bonheur passager.

Car les ans viendront, graves,
Nuager tes beaux yeux
Et mettre leurs entraves
A tes élans joyeux.

De plaisirs moins candides
Les désirs passeront
Sur tes rêves limpides
Et tôt les troubleront.

Et peut-être, songeuse,
Tu reverras parfois
Une bulle mousseuse
Dans ton ciel d'autrefois.

— « *Naguère j'étais pure* »,
Diras-tu : « *de l'amour*
» *J'ignorais la blessure,*
» *Je riais tout le jour.*

» *O naïve allégresse,*
» *Temps trop tôt parcourus,*
» *Aube de ma jeunesse,*
» *Qu'êtes-vous devenus ?* »

CHANT DE JEUNES FILLES, EN FORÊT

Je les voyais là, deux, assises et chantantes,
  Aux derniers feux du jour, sous un orme pleureur ;
Muet témoin, caché par un rideau de plantes,
J'écoutais, retenant mon souffle, et tout songeur.

De leur chant s'exhalait un mystérieux charme,
Allègre il commençait et finissait plaintif ;
On eût dit un sourire éteint dans une larme,
Au revers de la nue un éclair fugitif...

Oh non ! il n'était rien qui fût plus poétique
Que le prolongement du refrain dans les bois,
Que d'entendre gémir leur profondeur antique
Sous les tressaillements de ces limpides voix !

Cet air contenait tout, la naïve espérance,
L'amour et les secrets d'âmes en floraison

Et presque un germe aussi de future souffrance,
De malheurs menaçants presque un vague soupçon.

C'était la vie avec ses rayons et ses ombres,
Son fragile bonheur si promptement terni,
Ses lumineux côtés doublés de côtés sombres,
Sa complainte d'exil lancée à l'infini...

Puis du soir descendaient les nappes grandioses,
A l'Orient laiteux la lune se levait,
Les voix montaient avec le grand concert des choses
Et mon rêve enivré longuement s'oubliait.

A LA NATURE

Au poëte nivernais Achille Millien.

NATURE, merveilleuse fée,
  Dès Apollon et dès Orphée
Tous les poëtes dans tes bras
Sont venus accorder leurs lyres
Car, après Dieu, toi seule inspires
Des accents qui ne meurent pas.

Vibre en moi, corde intime et sainte,
Harpe à l'inconsolable plainte
Que l'homme porte dans son cœur,
Mêle ta secrète harmonie
Aux bruits de la mer en furie,
A la brise d'avril en fleur.

Des bois il me faut la parure,
Les gazouillements, le murmure
Et l'éloquente majesté ;
Des cieux dont le dôme s'étoile
Lorsque la nuit baisse son voile
Il me faut la sérénité.

Oui, j'aime, assis dans la campagne,
A l'heure où le troupeau regagne
Son bercail rustique en bêlant,
A l'horizon où se dessine
Quelque fantastique ruine
Voir les derniers feux du couchant.

J'aime la lointaine fumée
Qui, dans la pénombre embrumée,
Sort de la ferme ou du manoir
Quand dans l'âtre, pour la famille,
Sur le sarment sec qui pétille
S'apprête le repas du soir.

Je laisse aux boulevards des villes
Tous leurs attraits, caquets futiles,
Dandys à l'anglaise vêtus,
Et je me perds dans les vallées
De primevères d'or perlées,
Loin, très loin des sentiers battus.

Je déteste l'aveugle foule
Et sa tumultueuse houle,
Et des grands les duplicités ;
Je pleure sur tant d'humbles âmes,
Enfants du peuple ou pauvres femmes
Qu'étourdit l'éclat des cités.

C'est contre ton cœur, ô Nature,
Que je retrempe et que j'épure
Le mien, que la vie a terni,
Et sur lui je me sens renaître
Quand descend au fond de mon être
La grande paix de l'infini.

BAIN D'AIR

....

A Albert Cim.

QUAND, en avril, dans la nature,
 Tout renaît, gazouille et sourit,
  Quand l'horizon brumeux s'épure,
Que l'anémone refleurit ;

Mon premier vrai bien, chaque année,
A moi vaincu, pâle et souffrant,
C'est d'errer toute une journée
Dans un grand bain d'air enivrant.

Le corps harassé, l'âme en rêve,
Je marche, je marche toujours,
Par les bois tout gonflés de sève,
Par les ravins, par les labours ;

Je traverse le grand silence
Des landes aux genêts dorés,
Je m'unifie au souffle immense
Qui court les monts enamourés;

Et quand je rentre, nuit tombante,
Le cœur charmé, les pieds meurtris,
La brise a dompté, caressante,
Mes maux pour quelques jours guéris.

Avril 1897.

IV

LA FAMILLE

LA MORT D'UNE SŒUR

*Du 2 novembre 1876, jour
anniversaire des morts.*

Oh ! devant un tel deuil, je sens ton impuissance,
    Art des vers, et voici deux mois ·
Que, sous mon manteau noir, je médite en silence
    Au pied de sa funèbre croix...

Mais une voix d'en haut, vague et mystérieuse,
    Hier m'inspira d'essayer
Quelques strophes pourtant à la fleur gracieuse
    Qu'un vent cruel vient d'effeuiller.

Angélique martyre, en ses dix-neuf années
    Pour les cieux elle nous quitta,

Un mal contagieux brisa ses destinées,
    La sombre fièvre l'emporta...

Comme elle saluait l'azur et la lumière,
    Dans sa chambrette, à son réveil,
Comme elle s'était plue aux rêves de la terre
    Jusqu'à son suprême sommeil !

Qu'elle était fraîche et fière, à mon bras sémillante,
    Sous sa voilette, cet été,
Avec ses blonds cheveux dont la soie ondoyante
    Encadrait sa chaste beauté !

Dans le rire ou les pleurs, dès la première enfance,
    Mutuels et doux confidents,
Nous fûmes élevés ensemble, et, par naissance,
    La précédant de trois printemps,

Je la vénérais presque, elle si virginale,
    Si tendre en ses expansions,
Quand tout s'est envolé dans une nuit fatale,
    La vierge... et ses illusions.

En moi pieusement j'ai gravé son front blême
    Et froid sur l'oreiller de lin,
Mais noble et conservant, à travers la mort même,
    Les traces d'un reflet divin !

Car celles qui déjà pourtant ensevelirent
    Tant d'hôtes pâles du cercueil
Nous dirent que jamais, jamais elles ne virent
    Des traits si purs dans un linceul...

Ses yeux étaient fermés, ses frêles mains croisées
    Sur sa poitrine... on eût pensé
Qu'elle dormait, songeant de perles irisées
    Ou de l'anneau d'un fiancé !

Ses yeux ! qu'ils paraissaient radieux d'allégresse,
    Nancy, dans ton grand parc si beau,
Quand, au retour d'avril, elle ornait sa jeunesse
    De quelque vêtement nouveau !

Ses mains ! qu'elles étaient habiles et rapides
    Avec l'aiguille ou le crayon,
Brodant ou dessinant violettes timides
    Ou grands arbres à l'horizon !

Mais il le fallait bien... on apprêta la bière
    De chêne ancien et de métal ;
On y mit la victime : elle comptait naguère
    Sur un meilleur lit nuptial...

Le bois cloué, scellé, fut paré de couronnes,
    D'un long drap aux plis bleus et blancs,

D'un christ, de son portrait fait l'un de ces automnes,
    De flambeaux aux feux vacillants.

Au temple on la porta, puis au vieux cimetière
    Nous parvînmes en traversant
Ces boulevards joyeux dont, passante éphémère,
    Elle aimait l'aspect élégant...

Oh ! lorsque l'on entra parmi les mausolées
    A la muette majesté,
Parmi tous ces tombeaux disposés en allées
    Comme les murs d'une cité,

Anna, quand se montra ta fosse entre tant d'autres,
    Que tes restes furent au fond,
Nous aurions voulu qu'on descendît les nôtres
    Près des tiens, dans le trou profond !

Oui, notre vie avait perdu son auréole :
    Comme au cri mourant du Sauveur
Le globe du soleil s'éteignit en symbole
    D'incommensurable douleur.

Tel notre sort humain, sous l'épreuve terrible,
    Nous parut morne et ténébreux,
Terne et nu, lourd et plein de tristesse indicible;
    Veuf de tous ses rayons heureux !

Depuis ce temps, ta place est vide..., vide à table,
    Vide au coucher, vide partout,
Mais ton cher souvenir, image ineffaçable,
    Toujours en nous sera debout.

Nous planterons autour du sol où tu reposes,
    Les lys, emblêmes de pudeur,
Les immortelles d'or, la pensée, et ces roses
    Dont tu fus la candide sœur...

INVOCATION

O bien-aimée absente, en soulevant la pierre
    Qui recouvre tes ossements,
Ou plutôt des hauteurs de la sublime sphère
    D'où tu regardes tes parents,

Deviens notre invisible et propice gardienne,
    La sainte de notre foyer,
Penche-toi jusqu'à nous, joins à nos voix la tienne,
    Quand tu nous entendras prier.

Et lorsque, terminant notre pèlerinage,
    Nous devrons mourir comme toi,
Intercesseur charmant, prépare au grand voyage
    Notre espérance et notre foi ;

Viens à notre rencontre au seuil de ta patrie,
        Près du Seigneur introduis-nous,
Abrite dans ton sein notre âme endolorie
        Si pour nous tu crains son courroux ;

Enveloppe-nous tous, Anna, tous dans tes ailes,
        Implore de lui nos pardons,
Il nous donnera part aux fêtes éternelles
        Et près de toi nous resterons !

SŒUR AINÉE

Oh ! viens me consoler, intime confidente
De tous les élans de mon cœur,
Viens poser une main sur ma tête brûlante,
Lourde d'amour et de douleur !

La sœur est une amie offerte par Dieu même
Au poëte triste et souffrant,
Marie, et tu connus ma passion suprême
Pour la gloire au front rayonnant ;

Puis tu reçus mes chants d'illusions perdues,
Ma plainte de cygne blessé ;
Aux soupirs de mon luth tes lèvres suspendues
M'ont adouci l'amer passé ;

Tu m'as rendu l'espoir en l'aurore future
Et versé le baume divin,

Dans ton regard fidèle et dans ton âme pure
    J'ai bu la foi chaque matin...

Svelte et brillant palmier, laisse-moi, faible lierre,
    Appuyer mes tiges sur toi
Lorsque, seul et rêveur, je penche vers la terre
    Et que l'autan souffle sur moi.

Nous grandirons ensemble au milieu des orages
    En nous entr'aidant tous les deux
Et, si je te devance aux éternels rivages,
    C'est toi qui fermeras mes yeux.

Avril 1873.

MEHUN-SUR-YÈVRE

A M. L.

A ton cher souvenir je demeure fidèle,
  Mehun au fier donjon[1] estompé par les ans
Dont les murs échancrés projettent leur dentelle
D'ombre, sur la pelouse où courent les enfants.

O débris crevassés que le lierre parsème,
Gardez trace toujours de nos pas d'autrefois,
Ce parfum de jadis que malgré tout l'on aime,
Les échos affaiblis de nos lointaines voix.

Afin que si jamais, après bien des années,
Tous deux nous revenons courbés, les cheveux blancs,

(1) Ancien château de Charles VII, classé comme monument historique.

Evoquer près de vous les heures fortunées
Où nous nous sommes vus jeunes, émus, tremblants,

Nous vous trouvions encor debout comme naguère
Et que, sous vos créneaux, rappelant le passé,
Remémorant le temps par nous vécu sur terre,
Appuyant une main sur notre front plissé,

Nous disions à vos pieds, presqu'au seuil de nos tombes,
L'hymne tristement doux des dernières amours,
Sous les roucoulements infinis des colombes
Au faîte ensoleillé des toits des alentours.

FIANCÉS

A M. L.

ILS vont lentement, dans le grand silence
  Du soir étoilé, la main dans la main,
Lui parle d'amour, *Elle* d'espérance,
Lui dit : « *Je t'en prie...,* » *Elle* dit : « *Demain.* »

Fondus l'un dans l'autre, ils ont l'auréole
Des illusions sur leurs fronts charmés ;
Ils ne comptent pas l'heure qui s'envole,
Des fleurs d'idéal leurs pas sont semés ;

Ils ont l'avenir, ils ont la jeunesse,
Du bonheur parfait les rêves bénis,
Des premiers baisers ils ont la tendresse,
Reflet, dans leurs cœurs, des cieux infinis.

Age inoubliable où la vie est bonne
Comme un beau pain blanc qu'on goûte tout frais,
Age sans égal, âge que Dieu donne
Pour en parfumer nos jours à jamais.

Moi, vaincu, brisé par les destinées,
Je garde ton baume encore à mon flanc,
J'ai dans mon missel tes roses fanées
Et je te regrette en larmes de sang.

RÉMINISCENCE

A M. L.

PRESQUE insensiblement nos mains s'étaient unies,
Son front vers mon épaule inclinait, pâle et doux,
De nos âmes montaient, secrètes harmonies,
De premiers chants d'amour à rendre Dieu jaloux.

Elle était brune et fine, en sa taille bien prise,
Avec des regards francs, fidèles, attendris,
Et des mots caressants comme un souffle de brise
Impalpable, glissant sur des gazons meurtris.

Elle avait le rayon, la croyante jeunesse,
L'ignorance charmante à côté du désir,
Une exquise innocence et la délicatesse
De la fleur qui se doit, en femme, épanouir.

Et tout cela pour moi ! me disai-je, et, timide,
Faiblement, sur mon cou, je sentis se poser
Ses lèvres, et je crus que, par trop longtemps vide,
Mon pauvre cœur mortel d'émoi s'allait briser.

Nous sommes demeurés longtemps dans cette extase
Dont la mémoire en nous ne périra jamais :
La rose des étés que le soleil embrase
Se meurt, mais, s'effeuillant, parfume encore après ;

Son odeur lui survit dans des sachets de soie,
Ou dans de longs cristaux avec art ciselés :
Tels aussi, dans les jours de tristesse ou de joie,
Conservant le parfum des bonheurs écoulés,

Nous restons embaumés des ivresses premières,
Eternels souvenirs des plus étroits liens,
Car les cœurs humains sont comme des reliquaires
Gardant tout ce qu'on peut sauver des jours anciens.

10 Mai 1889.

ENFANT ET FEMME

A M. L.

ELLE courait hier, insouciante et libre,
    Après papillons et parfums ;
Sans peur du lendemain elle se laissait vivre,
    Naïve sous ses cheveux bruns.

Sa franche humeur n'était, de son âme limpide,
    Qu'un frais épanouissement,
Qu'un jet de source vive ou d'une aube splendide
    Que le premier rayonnement.

L'Univers lui semblait un vaste et long sourire,
    Elle aurait cru, dans sa pudeur,
Etre née, un beau soir, d'un souffle de Zéphyre
    Au fond d'un calice de fleur.

Elle se doutait bien qu'elle était gracieuse,
Mais sans se demander pourquoi.
Elle épelait ce Livre où l'innocence heureuse
Apprend l'Espérance et la Foi.

. . . .

Mais l'enfant a grandi : sa prunelle allanguie
A pris un reflet plus rêveur :
Elle a dû pressentir un secret dans la vie,
Un mystère étrange en son cœur.

Elle a quitté ses jeux et songe, solitaire,
A ce qu'elle sera plus tard.
Ces mots doux et profonds ou d'épouse ou de mère
D'instinct font baisser son regard.

Quand mai, pour égayer sa chambre virginale,
D'un clair soleil est revenu,
Emue, elle a frémi, vers l'heure matinale,
D'un tressaillement inconnu.

Sa voix a revêtu des nuances nouvelles
Faiblement plaintives, parfois,
Comme un roucoulement lointain de tourterelles
Au pignon lézardé des toits.

La nature a parlé : les rêves bleus d'enfance
    Au loin s'effacent, pâlissants,
Elle est femme... et voici sa seconde naissance,
    Son entrée au monde, à vingt ans.

Un horizon nouveau vient de s'ouvrir pour elle,
    Route ignorée à suivre à deux,
D'un autre elle sera la compagne fidèle
    Aux jours d'épreuve, aux jours heureux.

Sa main dans une main loyale et protectrice,
    Une épaule pour s'appuyer,
Tour à tour confidente ou noble inspiratrice,
    Idéal humain du foyer.

D'un geste elle aidera son ami, d'un sourire
    Elle raffermira ses pas,
Pour lui donner courage elle saura lui dire
    Le mot divin qu'on dit tout bas.

. . . .

A deux l'on est plus fort contre les destinées
    Et pour les luttes d'aujourd'hui,
A deux moins sombrement s'écoulent les années
    Quand la belle jeunesse a fui.

L'on se souvient toujours du temps des fiançailles,
De ces quatre ou cinq mois bénis
Et des gages d'amour suspendus aux murailles
Ou dont les coffrets sont garnis.

L'on vit dans le passé quand l'avenir décline :
Si l'on arrive aux cheveux blancs,
L'on se retourne encor, descendant la colline,
Vers l'aurore des premiers temps.

Des tendresses d'alors, de douces souvenances,
Le cœur reste comme embaumé
Et, de l'âge et du sort oubliant les souffrances,
Rend grâce au ciel d'avoir aimé.

30 Août 1886.

QUID MELIUS?

A M. L.

PRÉS fleuris, antiques ravines,
　　Tours croulantes des vieux châteaux,
Soleils levants sur les collines,
Temples aux gothiques arceaux,

Forêts vierges, roches pendantes,
Petits sentiers mystérieux,
Océans aux voix mugissantes,
Cieux perlés d'astres radieux,

Pâles clartés des crépuscules,
Blancs croissants des lunes d'été,
Soirs adorés où les Tibulles
Ont aimé, soupiré, chanté,

9

Immense accord de la nature,
Rayonnement universel,
Extases de la créature
Devant le chef-d'œuvre éternel,

Tout m'émeut en vous et m'enchante,
Mais rien ne m'est plus doux pourtant
Que le front de la femme aimante
Se penchant vers mon front brûlant.

15 Août 1889.

PETITE FOSSETTE

A M. L.

Vers le haut de ta joue et quand tu ris, Amie,
Se dessine soudain un petit creux charmant
Qui garde à ton sourire et sans afféterie,
La naïve fraîcheur d'un sourire d'enfant.

Dans les siècles de foi, c'étaient les doigts des Anges,
Disait-on, qui marquaient ainsi leurs préférés
Tout jeunes, quand, la nuit, ils venaient, dans leurs langes,
Les trouver, pour veiller sur leurs rêves dorés.

Et la trace en restait en légères fossettes,
De ces doigts délicats sur les bébés mignons,
Et, lorsqu'ils devenaient garçonnets ou fillettes,
Rendaient plus gracieux leurs profils bruns ou blonds.

Que ce soit vérité, légende ou bien symbole,
Qu'importe ? La tendresse, aujourd'hui, de l'époux,
Retrouve la fossette encor sur son idole,
Pour y nicher, le soir, ses baisers les plus doux.

Et quand la vie aura partout creusé ses rides,
A droite, la fossette intacte restera,
Souvenir printanier des premiers ans candides,
Et du passé perdu toujours reparlera.

15 Août 1888.

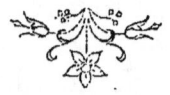

A TOI

~~~~~~~

A M. L.

QUELQUEFOIS je souris, et je cache en mon âme
 Le poids silencieux d'indicibles douleurs,
 Mais j'en reviens toujours à tes lèvres de femme,
Au baiser de l'hymen qui sèche tant de pleurs.

O mignonne adorée, à chaque être sa peine :
J'incline tristement parfois vers toi mon front
— Ne m'en veux pas, car j'aime à sentir ton haleine
D'honnête enfant fidèle — et mes chagrins s'en vont.

Mon souci disparaît sous ta douce caresse :
Assoiffé d'idéal, d'horizons infinis,

J'apaise ce grand mal divin dans la tendresse
Que la nature a mise entre tes bras chéris.

Oui, je suis par moments pris de mélancolie,
Qu'importe ? je retrouve, au fond de tes bons yeux,
Un rayon qui me calme et me réconcilie,
Et qui, dans mon malheur, me rend encore heureux.

2 Juin 1889.

SOUVENIR ET REGRET

A M. L.

LES souvenirs de mon enfance
　　Viennent souvent, divin essaim,
A près de trente ans de distance
Verser leur baume dans mon sein.

Je pense à mon berceau de chêne,
J'entends bourdonner l'ancien chant
Qu'à travers mes rideaux de laine
On murmurait en me berçant.

J'ai conservé le christ d'ivoire
Qui pendait au pied de mon lit ;
C'était Dieu ! j'aimais à le croire :
On croit tout quand on est petit.

Je me rappelle les journées
De vendanges et de moissons,
Nos chevelures couronnées
De pampres verts et d'épis blonds.

Je me souviens... car, dans la vie,
Il est charmant de revenir
A la route déjà suivie
Pour rêver et se souvenir.

Et pourtant un regret m'obsède
Dans ce passé tout innocent,
Regret d'un vide sans remède,
C'est que ton nom en soit absent.

J'aurais voulu t'avoir connue,
Moi garçonnet, toi bébé brun,
Et plus tard enfant ingénue,
Fraîche comme un premier parfum.

J'aurais voulu courir ensemble
Dans les grands blés jusqu'au menton,
Chercher sous la feuille du tremble
La blanche anémone en bouton.

Faire dînette sur les mousses,
Pêcher l'ablette au fil de l'eau,

Butiner dans les jeunes pousses
Quand arrivait le renouveau.

J'aurais voulu, futur poëte,
Vivre compagnon de tes jeux
Et t'aimer encore fillette
Dix ans plus tôt, pour être heureux.

30 Août 1889.

QUELQUEFOIS L'ON VOIT...

A M. L.

QUELQUEFOIS l'on voit croître côte à côte,
 Dans les frais vergers, sous les bois ombreux,
 Deux troncs d'arbres dont la ramure haute
Marie au soleil ses festons nombreux.

D'abord isolés lors des jeunes pousses
C'est en grandissant qu'ils se sont unis,
Aux brises du ciel, aux mille voix douces
Qui, tous les printemps, s'échappent des nids.

Et plus, chaque année, ont monté leurs branches,
Plus, dans tous les sens, ils se sont mêlés,
Au point que l'aurore aux cavales blanches
Confond leurs rameaux de ses pleurs perlés.

Amie, oh ! vois-tu ? tous les deux nous sommes
Comme ces enfants des bois, des vergers,
Comme ces pommiers qui mêlent leurs pommes
Ou ces verts tilleuls leurs parfums légers.

Plus le temps s'écoule et plus il resserre
Les liens chéris formés entre nous;
Tels que les raisins qu'on cueille en brumaire
Ces liens plus mûrs n'en sont que plus doux.

Plus de souvenirs entre nous cimentent.
L'amour que nos cœurs n'ont pas désappris ;
Si, l'âge venu, nos tempes s'argentent,
L'amour survivra sous nos cheveux gris.

15 Août 1891.

GRAND DIEU ! DIS-TU...

A M. L.

G RAND DIEU ! dis-tu, *c'est de six ans*
    Que date notre mariage,
Et tu crains que mes sentiments
Pour toi ne passent avec l'âge.

Non, mignonne, par mille endroits,
Plus il est ancien, mieux le lierre
Fixe aux fissures de nos toits
Sa verte écharpe familière.

Du foyer les calmes attraits
Sont au cœur l'ancre du rivage ;
Le temps détruit l'amour volage
Et cimente les amours vrais.

30 Août 1892.

NOTRE VIE, ESQUIF...

~~~~~

A M. L.

NOTRE vie, esquif trop rapide,
  Toujours glisse plus loin du bord
Sur la mer profonde et perfide
Qui va du Néant à la Mort.

Déjà chaque nouvelle année
Ride un peu plus mon front blêmi,
. Mon âme est aux deux tiers fanée,
Mon idéal presque à demi.

Nos frais souvenirs du jeune âge
S'effacent au fond du passé

Comme les flocons d'un nuage
Par le vent du soir dispersé.

Mais notre mignonne Solange
Nous les rappelle en grandissant,
Car la femme renaît dans l'ange
Et l'homme revit dans l'enfant.

1ᵉʳ Janvier 1894.

UN DEUIL

A M. L.

Tes Morts vivront.
(Isaïe, chap. xxvi, vers. 19.)

Te voici donc en deuil, Amie, et la tristesse
    Flotte aux plis de ton voile noir,
Car, sans qu'on l'attendît, la Mort, souvent traîtresse,
    A notre foyer vint s'asseoir.

Le déchirement coûte à l'humaine nature
    Et le cœur en sort tout meurtri :
Le temps calme, et pourtant le fond de la blessure
    A jamais reste endolori.

Nos jours sont ainsi faits et le cours des années
      Brise nos liens les plus chers ;
La vie est un jardin d'anémones fanées,
      Tout humide de pleurs amers.

Mais le cruel trépas ne semble qu'un passage
      Qui mène à l'Immortalité ;
L'humanité le croit : Dieu, par un vain mirage,
      N'a pu tromper l'humanité.

Dieu ne peut se jouer de la sainte espérance
      De tant de justes suppliants
Ni donner le néant pour seule récompense
      Aux bons, victimes des méchants.

Il faut une couronne au mérite sublime
      Des apôtres et des martyrs,
Une expiation posthume et légitime
      Pour consacrer les repentirs.

Un port doit exister lorsqu'on a passé l'onde,
      Une patrie après l'exil ;
Tout se transforme et rien ne se perd dans le monde,
      Pourquoi l'*esprit* se perdrait-il ?

La terre est impuissante à combler, quoi qu'on fasse,
      Le vide effrayant de nos cœurs,

Des plaisirs les plus doux l'homme bientôt se lasse
    Et l'épine dort sous les fleurs.

Les bonheurs sans revers d'un fol orgueil enivrent,
    L'épreuve peut nous réformer ;
Un grand deuil réunit plus fort ceux qui survivent :
    Moins on est, plus on doit s'aimer.

    30 Août 1895.

V

LA PROVINCE ADOPTIVE

BONNETS DU BERRY [1]

~~~~~~~

Sı j'étais une grande dame
   Aux chapeaux de toutes saisons
Je préférerais, sur mon âme,
Les petits bonnets berrichons.

Leurs *coiffes* tranchent si mignonnes
Sur l'ébène ou l'or des cheveux
Encadrant les boucles friponnes
Ou les chastes bandeaux soyeux !

D'une finesse merveilleuse
Le *plissé* de leurs clairs contours
Sied à la fillette rieuse
Non moins qu'à l'aïeule aux pas lourds.

Autour de leurs *passes* s'enroulent
Les deux *dersons* d'un blanc de lait

---

(1) Cette fantaisie, qui a fait le tour de la presse berrichonne, avec des commentaires trop bienveillants pour pouvoir être reproduits ici, a été illustrée et mise en musique par M. l'abbé Louis Farge, curé d'Allouis en Berry, illustrée également par M. C. Varé, alors répétiteur au lycée de Bourges, etc.

Dont les souples cordons plats moulent
Des fronts de vingt ans tout l'attrait.

Les dimanches et jours de fête,
Souvenir des modes d'antan,
Tel qu'un nimbe autour de la tête
Sur les *tressons* court un *ruban* ;

Charmant petit galon de soie
Primant, dans sa simplicité,
Les sottes plumes que déploie
Des villes l'excentricité.

Frais ruban blanc qu'un noir remplace
Quand la famille prend le deuil,
Ruban sacré, dernière trace
D'un passé qui dort au cercueil.

Fille du peuple, oh ! reste fière,
Malgré le luxe d'aujourd'hui,
Du bonnet que portait ta mère :
Le plus coquet, c'est encor lui.

Et moi, si j'étais grande dame,
Aux chapeaux de toutes saisons
Je préférerais, sur mon âme,
Les petits bonnets berrichons.

BOURGES[1]

EUX colossales tours émergent de la plaine,
    Puis des clochers, des toits : c'est Bourges en Berri,
Doyenné de la Gaule et reine d'Aquitaine,
De Charles VII contre l'Anglais suprême abri !

Cité de Jacques Cœur, ville des beautés calmes
Nièces des anciens ducs ou petits bonnets blancs,
Toi dont sainte Solange aux virginales palmes
Protège les foyers et bénit les enfants,

Il est un charme au fond de ta monotonie,
Cloître laïque où passe Héloïse en bandeaux,
Sur les cœurs agités, la douceur infinie
Du soir, de tes vieux murs descend par les meneaux.

Aux moutons du Berry l'amour est une idylle,
Un drame rarement sous ces paisibles cieux,
Et l'on vit et l'on meurt sans troubler l'air tranquille
Des antiques hôtels clos et silencieux.

(1) Cette poésie figure en regard d'une vue de Bourges, en première page
d'un *Guide de l'Etranger dans Bourges*, et a été plusieurs fois reproduite
en Berry.

AU PAYS D'ADOPTION

Bourges, des Berrichons tranquille capitale,
  Depuis bientôt douze ans j'habite tes vieux toits,
Depuis seize j'ai vu monter ta cathédrale
Dans les cieux embrumés, pour la première fois.

Je connais tous les noms de ton antique histoire,
Biturix, les Romains, Jacques Cœur et Cujas,
Charles, la belle Agnès, de galante mémoire,
Et la croix *Moulte-Joie*[1], et tes anciens combats.

Je sais de tes hôtels jusqu'aux moindres moulures
Et jusqu'aux souterrains cachés sous tes maisons,
Et j'ai même décrit les mignonnes coiffures
De tes femmes, pays aux calmes horizons[2].

J'ai dit de Jeanne d'Arc, virginale héroïne,
Les séjours dans ton sein pour la France à venger,

(1) Croix commémorative d'un combat contre les Anglais, en 1354.
(2) Voy. à la Table : *Bonnets du Berry*.

Son élan, sa croyance en une voix divine
Et sa fête, fondée au sortir du danger[1].

J'ai rêvé sur ton sol un monument pour elle,
Monument que verra peut-être l'avenir,
Car tu vivrais plus fière, et plus noble, et plus belle
Portant au front ce bronze, immortel souvenir.

Aux écoliers d'Auron[2], aux prix de fin d'année,
J'ai prêché l'idéal, ce grand courant tari ;
Dans un de tes quartiers une fille m'est née,
Je l'appelai *Solange* (un vrai nom du Berri) ;

Aux *Capucins*[3], bercé par tes mille murmures,
Après Moscou, Leipsick et les invasions,
Son bisaïeul[4], héros criblé de sept blessures,
Dort et revoit en rêve un choc de légions.

(1) Voy. au début du volume la liste des ouvrages du même auteur.
La 1re édition de *Jeanne d'Arc en Berry* a été présentée à l'*Académie des Inscriptions et Belles-Lettres* par M. Siméon Luce, et la 2e édition par M. Wallon (4 mars 1892-23 novembre 1894) avec de flatteuses appréciations.

(2) Nom d'un quartier de Bourges.

(3) Appellation d'un des deux cimetières de Bourges.

(4) Du côté maternel. Voici, dans le style de l'époque, et à titre de renseignement et de souvenir historique local, son inscription funéraire, gravée sur une plaque ovale de cuivre : « *A la mémoire d'Étienne Porcheron, ancien lieutenant de gendarmerie, chevalier de la Légion d'honneur, décédé le 19 janvier 1857, dans sa 67e année. Il a servi la France avec honneur pendant 36 ans, a fait, dans le 5e régiment de hussards, les campaynes de 1809 en Autriche, 1812 en Russie, 1813 en Saxe, 1815 en France ; a reçu 7 blessures, 4 coups de lance, 2 coups de sabre et un coup de feu. Il fut bon époux, bon père, bon humain. Priez Dieu pour le repos de son âme.* »

Quelquefois je me suis, ô ma mère adoptive,
Demandé ce que fut ta *butte d'Archelet* [1],
Mais de telle ou telle âme, au loin passant furtive,
Seul peut-être avec Dieu j'ai connu le secret.

Je suis tien par le cœur, aussi par la souffrance,
Ton Hôtel-Dieu m'a vu neuf jours entre ses murs,
Ma muse, qui se plaît à la reconnaissance,
A chanté de ses Sœurs les dévoûments obscurs [2].

Souvent j'ai parcouru tes prisons, tes asiles,
Abris des miséreux, des cancéreux, des fous [3],
Et j'ai pleuré parfois aux heures difficiles,
Sous tes cloîtres, au pied des piliers à genoux.

Que le sort n'importe où guide mes destinées,
Bourges, je penserai fidèlement à toi,
Ton nom me sera cher, comme ces fleurs fanées
Qu'un grand amour défunt parfois garde sur soi.

Janvier 1896.

(1) Certains savants y ont vu une sorte de butte-vigie (arx, arcella) servant de défense à cette entrée de la ville, d'autres une sépulture violée et fouillée à une date inconnue. On a même cru retrouver dans *Archelet* le nom d'*Archelaüs*, fils d'Hérode, roi de Judée, exilé en Gaule. On a découvert, en 1870, au pied de cette butte, une grande quantité d'objets et d'ornements en bronze.

(2) Voy. à la Table : *A l'Hôtel-Dieu de Bourges,* et *A Sœur Clémentine, sup.*

(3) Voy. à la Table : *Assistance,* note 1.

LA CATHÉDRALE DE BOURGES

A M. L.

E NFANT, tu l'admirais, l'antique Cathédrale,
Quand tu visitais Bourge avant de l'habiter,
Et, la nuit, en rêvant, tu revoyais monter,
Monter à l'infini sa masse colossale.

Elle ne te semblait pas rien qu'un monument
Mais un monde de pierre et de vitraux splendides
Et, lorsqu'on te contait l'histoire du géant,
Tout grands, d'attention, s'ouvraient tes yeux candides.

On te disait les rois sacrés à ses autels,
Entre autres un croisé, Louis le Septième ;
Ici de Louis XI avait lieu le baptême,
Comme du duc d'Enghien, en des jours solennels ;

Ici Georges d'Amboise, en grande et noble fête,
Archevêque et premier ministre de l'Etat,
Recevant le chapeau de pourpre sur sa tête,
A la fois devenait cardinal et légat ;

Charles de Laubespin, garde des sceaux de France,
Des saints et des savants sous ses dalles dormaient,
Même deux maréchaux connus pour leur vaillance,
Et de son vieux clergé quatre papes sortaient ;

Mais ce qui t'étonnait le plus, c'étaient les tours,
La Tour Sourde, et surtout la Tour de Beurre, énorme,
Dominant le pays et tous ses alentours,
Et comptant deux cents pieds jusqu'à sa plate-forme ;

Les cinq portails, le gros bourdon assourdissant,
Et l'horloge gothique, et les tapisseries,
La rosace centrale, au prisme éblouissant,
Les chapelles, beaucoup portant leurs armoiries ;

Le tombeau du duc Jean, dans le chœur souterrain,
Puis, en haut, sa statue, avec sa femme Ursine :
Tu voulais, pour mieux voir, atteindre de la main
Sa broche de manteau, la croyant perle fine...

Oui, certe, Amie : éclos sous d'habiles ciseaux,
C'est un chef-d'œuvre d'art, ce nombre de figures,

De gargouilles, de croix, de colonnes, d'arceaûx,
D'archanges, de démons, de sveltes dentelures,

Et pourtant ta prière, élan divin du cœur,
Surpassait de ces nefs toute la féerie :
Rien n'est si beau qu'une âme innocente qui prie
Versant tous ses parfums sur les pieds du Sauveur.

A l'Aveugle Sancerrois AUGUSTIN MOREUX[1]

POÊTE CHRÉTIEN

(Impromptu.)

Tu bénis Dieu, Moreux, dans ta grande infortune !
  Tu fais bien : le soleil, les étoiles, la lune,
Ces merveilles des cieux, n'existent pas pour toi,
Mais Dieu t'a ménagé, touchante providence,
Deux rayons d'idéal sur ta sombre existence,
Le flambeau de la Muse et celui de la Foi...

9 Octobre 1895.

(1) Auteur d'un recueil poétique intitulé : *Les Echos du Parnasse chrétien.*

MES TROIS BONNETS

(RÉCIT DE SERVANTE BERRICHONNE)

*A M. Boué de Villiers, qui m'avait
dédié un sonnet intitulé :* Doux Berry.

QUAND, à quinze ans, toute simplette,
   J'allai me placer à Paris,
   Au fond d'une boîte proprette,
Dans ma valise, j'avais mis,
Avec mon foulard de toilette,
Mes trois bonnets *à petits plis*.

Je les portai comme au village
Tant que se garda leur blancheur :
Ils me donnaient un doux air sage
Qui me conquérait plus d'un cœur
Et, tout en faisant mon ménage,
De les froisser j'avais grand peur.

Ils me rappelaient le domaine
Où servaient mes pauvres parents,
La messe à l'église lointaine
Et, sous les tilleuls murmurants,
L'*assemblée*[1] au bout de la plaine
Où s'amusaient petits et grands.

Avec mon tablier de bonne,
Croisant les badauds curieux,
Si je heurtais quelque personne
De Bourges, de Dun, d'autres lieux,
« *Ohé! bonjour, la berrichonne!* »
Me criait-on d'un air joyeux.

Mais mes bonnets se défraîchirent
Malgré le soin que j'en prenais,
Les bords de leurs passes jaunirent,
Vainement je les replissais
Tant bien que mal : ils se gauchirent,
Et moi de dépit je pleurais.

Car de ce plissé la finesse
Est telle qu'il faut, voyez-vous,
De nos blanchisseuses l'adresse

---

(1) L'*assemblée* en Berry est la réunion à l'occasion d'une fête patronale ou locale, comme le *pardon* dans l'Ouest.

Pour réussir comme chez nous :
Nos bonnets sont une richesse
Plus gente que bien des bijoux.

Aussi pas une repasseuse
Dans le quartier ne se trouva
Qui se crût assez connaisseuse
Et Madame un jour arriva
Avec des coiffes de dormeuse
Que Monsieur, trop faible, approuva.

Mais aujourd'hui que, fiancée,
Je suis de retour de Paris,
Sa coiffe, oh oui ! je l'ai laissée
Pour faire un régal aux souris
Et j'ai repris, bien empressée,
Mes trois bonnets *aux petits plis*.

ÉGLISES DE VILLAGE EN SOLOGNE

L E bois succède au bois et la plaine à la plaine,
  Coursier d'airain, le train glisse comme le vent
Et, regardant passer la campagne lointaine,
Aux contrastes humains je songe tristement.

Oh! que de fois j'ai vu, près de quelque humble église,
La villa, le château, se dresser pleins d'orgueil
Et le clocher, honteux de sa crevasse grise,
Se cacher sous le lierre où chantait le bouvreuil!

Combien souvent, non loin des hautes perspectives
Du manoir féodal avec art reconstruit,
J'ai vu se délabrer les modestes ogives
Qu'une petite lampe éclaire jour et nuit!

Là les saints sont de plâtre ou d'épaisse peinture,
Leurs couronnes de verre ou de laiton doré,

Par endroits s'aperçoit des souris la morsure
Ou l'usure du temps sur le linge sacré.

Seule, les samedis, une pieuse femme
Vient, pour chaque dimanche, orner le maître-autel,
Jésus le Délaissé lui sourit, et son âme
Emporte pour huit jours comme un reflet du ciel.

Oui, c'est toujours le Dieu qui naquit dans l'étable
Quand des logis trop pleins Joseph était banni,
Le grand Abandonné, le Dieu du misérable,
Celui de Bethléem et de Gethsémani.

Son tabernacle au seuil porte de fausses pierres,
Son temple est tout glacé l'hiver dans les grands froids,
Mais, Dieu pauvre, il comprend des pauvres les prières :
« *Le monde fut sauvé par une croix de bois.* »

RUINES EN BERRY

Au poëte Antoine de Bengy-Puyvallée.

REDOUTABLE jadis, aujourd'hui, sous ses lierres,
Il n'est plus qu'un vieux nid, le manoir berrichon,
Nid dont, pour consoler l'éternel abandon,
S'emparent follement mille fleurs printanières.

L'oiseau couve tranquille aux fentes de ses pierres,
Ses fossés ont à peine un pouce de limon,
Le soleil et l'azur traversent sans façon
L'étroit écartement des hautes meurtrières.

Ces murs, dont six cents ans chargent le plus ancien,
N'ont presque pas d'histoire et pas d'historien
Mais leur vétusté seule, avec ses échancrures,

Eveille tout un monde au fond du souvenir
Et comme un bruit lointain de pesantes armures
Lorsque le vent du soir dans leurs flancs vient mourir.

27 Janvier 1894.

VI

LA MÉLANCOLIE

LE FLEUVE D'OUBLI[1]

ous le pâle saule aux branches tombantes,
  Dans l'Erèbe, au fond d'un val écarté,
Entre les pavots aux fleurs éclatantes,
Un fleuve coulait — nommé le Léthé —
Dont les eaux versaient, lourdes et calmantes,
L'oubli de la vie aux ombres errantes,
Cœurs endoloris d'avoir trop lutté.

Oh ! pourquoi, dès que l'espoir de la gloire
Cesse d'animer notre œil affaibli,
Sous un froid linceul de tristesse noire

(1) Petit poëme remarqué au milieu de très nombreux envois littéraires et récompensé par l'attribution d'une première Mention honorable, d'un Diplôme artistique et d'un Ouvrage de librairie au Concours ouvert à Epernay, le 10 mai 1891, sous la présidence de M. Jules Barbier, auteur dramatique, à l'occasion de l'érection d'une statue équestre de Jeanne d'Arc à Reims.

Laissant le penseur comme enseveli,
Quand s'en va bien loin, songe dérisoire,
Un bonheur rêvé, que ne peut-on boire,
Même avant la mort, au fleuve d'oubli ?

Dès que de l'amour, suave mystère,
Floraison de mai, s'enfuit la fraîcheur,
Quand l'illusion, vapeur éphémère,
S'envole aux éclats d'un lazzi moqueur,
Pourquoi le Léthé n'est-il pas sur terre,
Nous offrant au moins, dans notre misère,
D'un suprême oubli l'amère douceur ?

Lorsqu'une injustice a, de l'existence,
Brisé l'avenir sans un seul recours,
Qu'il faut se courber sous une insolence
Pour, à ses enfants, garder un secours,
Quand, vaincu, l'on doit gémir en silence,
Pourquoi le Léthé, dans un orbe immense,
Ne passe-t-il pas sur nos maux toujours ?

Si la médisance, infâme morsure,
Livre à tous les vents un pieux secret,
Lorsque, frêle esquif privé de mâture,
Arbre que la hache attaque en forêt,
Notre âme n'est plus qu'une meurtrissure,
Que n'apportes-tu, fleuve, à sa blessure
La paix de ton lit tranquille et discret ?

Ah ! si l'on pouvait, par un don sublime,
Par une faveur insigne des dieux,
Négligeant le mal dont on fut victime,
Ne se reporter qu'aux jours radieux,
Faire en sa mémoire un choix qui supprime
Les levains de fiel de notre être intime
Et des coups du sort marcher oublieux ;

Si, des ans passés détachant les peines,
Redisant sans fin les refrains charmants,
On n'avait qu'à vivre aux tièdes haleines
De ses souvenirs les plus captivants ;
Si, comme au lever d'aurores sereines,
Les larmes des nuits sur l'herbe des plaines
Soudain se changeaient en mille brillants !

Mais non... Mnémosyne[1] au beau front qui penche,
Pliant sous le poids des temps écoulés,
De tous leurs échos jamais ne retranche
Les cruels sanglots dans l'ombre exhalés,
La dent du serpent sous la verte branche,
La bave des mers sur la voile blanche
Ni les pleurs cuisants aux rires mêlés.

Indifféremment l'antique déesse
Conserve le bruit des premiers soupirs,

(1) Déesse de la mémoire.

Le bruit des baisers, des cris de détresse,
Des gouttes de sang sur les bleus saphirs,
Le bruit des bravos, flatteuse caresse,
Des enivrements féconds de jeunesse
Et des battements d'ailes des Zéphyrs ;

La sourde rumeur des anciens blasphèmes,
La plainte lancée aux cieux infinis,
Aux agonisants les adieux suprêmes,
L'automnal brouillard sur les prés jaunis,
La vague terreur des fantômes blêmes
Qui glissent parfois, hideux Polyphèmes[1],
Les yeux creux, le long des bois dégarnis ;

Le chaos enfin de toutes ces choses
Que notre mémoire accueille et retient,
Sifflets au retour des apothéoses,
Bégaîments des nids quand avril revient,
Brusques entre-chocs d'effets et de causes,
Murmure confus des métamorphoses
Qu'une destinée humaine contient !

Eh bien ! acceptons ta loi, Mnémosyne,
Puisque l'on n'a rien sans une douleur !
Songeons que le lot de ta main divine,

(1) On sait que Polyphème était un cyclope ou géant difforme, auquel
Ulysse avait crevé l'œil.

Mûrissant l'esprit, peut rendre meilleur,
Que, sous tes leçons l'homme qui s'incline
Vers un but plus sûr du moins s'achemine,
Que l'expérience est aussi ta sœur !

Source de sagesse et de prévoyance,
Mettons à profit tes enseignements !
Toi-même tu sais tromper ta souffrance,
D'un baume adoucir tes déchirements ;
Mémoire, ô merveille ! aide l'ignorance,
Efface à la fois l'heure et la distance,
Souffrons, mais goûtons tes enchantements !

Sous le pâle saule aux branches tombantes,
Dans l'Erèbe, au fond du val écarté,
Entre ses pavots aux fleurs éclatantes,
Tant que nous vivrons, laissons le Léthé :
Assez tôt ses eaux lourdes et calmantes
Couvriront d'oubli nos ombres errantes,
Nos cœurs tout meurtris d'avoir trop lutté.

LE CHANT DU FOSSOYEUR

(ESSAI D'APRÈS LES DESSINS DE HANS HOLBEIN)

Je suis sonneur des glas funèbres,
    Gardien des morts et fossoyeur :
J'ensevelis dans les ténèbres
.L'ouvrier comme l'empereur.

Je mets chaque jour en pratique
La plus terrible vérité ;
Cet enclos, c'est ma république,
Et ma loi, c'est l'égalité.

De tous les sceptres de la terre
Ma bêche a toujours eu raison ;
Le monde est un vaste ossuaire
Rempli de l'effroi de mon nom.

Que de riantes jeunes femmes
Mises dans la fosse par moi !
Combien d'invraisemblables drames
Ce champ muet recèle en soi !

Devant moi tout homme s'abaisse :
Je me moque des orgueilleux,
J'éprouve comme une âpre ivresse
A jeter la terre sur eux.

J'écoute le vent dans les arbres,
Je regarde glisser les vers
Qui s'en vont ronger sous leurs marbres
Tant de dormeurs, jadis si fiers.

Je suis vengeur des injustices,
Niveleur des crânes humains,
Je sais où mènent tous les vices,
Et tout me passe par les mains !

Mais en vain j'orne son front blême
De fleurs rares, d'ombreux cyprès,
La Mort n'épargnera pas même
L'Exécuteur de ses arrêts.

ÉLANS BRISÉS

Rêveur, prophète ou barde, ah ! que de fois, ô foule,
    Quand je te voyais t'assembler
Au théâtre, au forum, vers ta vivante houle
    J'étendis la main pour parler !

J'étais comme anxieux de ce que j'allais dire,
    Mais une voix divine en moi
S'écriait : « *Va toujours : je suis là : je t'inspire,*
    » *Mon éloquence est avec toi !* »

Et mes lèvres soudain, ardentes, s'entr'ouvraient,
    Un frisson courait sur ma chair,
Tandis que mes voisins, tout surpris, se montraient
    Mon regard, où passait l'éclair.

Sur les siècles éteints, par-dessus les frontières
    Le vol de mes pensers planait,

L'avenir agitait ses lointaines lumières
    Dans la nuit qui se dissipait...

Mais bientôt, revenant à moi : « Naïf jeune homme, »
    Me disais-je, « allons, contiens-toi,
» Ils sont passés, les temps de la Grèce et de Rome,
    » Des croisades et de la foi ;

» Les peuples ont perdu le don des grandes choses
    » Et vont flottant à tous les vents,
» Les fils des preux géants s'énervent sous les roses,
    » L'idéal n'a plus de fervents ;

» Quel Dieu prêcherais-tu ? ces vieilles ritournelles
    » N'occupent plus les nations,
» Poëte, oiseau des cieux, il faut couper tes ailes
    » Et sabrer tes illusions. »

1873.

MON SIÈCLE

A M. Tamizey de Larroque,
correspondant de l'Institut.

QUEL destin que le mien ! Chanter au cours d'un âge
    Où tout est discuté, remis en question ;
    Où l'homme se débat dans le doute et l'orage,
Comme un malade en proie à quelque vision ;

Où, dans ses vers d'airain, Hugo, barde et prophète,
Des trônes, des autels, annonça le déclin ;
Où l'Europe a du fer des talons à la tête
Et frissonne en songeant : « Qu'adviendra-t-il demain ? »

Où couve, feu latent, la guerre sociale ;
Où le bien et le mal se mêlent, confondus ;
Où le respect se meurt, tué par le scandale,
Quand l'on voit se flétrir tant de grands noms déchus.

Arriver, tout épris d'amour et d'harmonie,
Dans ce navrant chaos de choses qui s'en vont,
Ce sera la tristesse incurable, infinie,
Comme un bandeau de deuil attachée à mon front.

ACCABLEMENT

....

QUEL engourdissement s'empare de mon âme
  Et quelle insensibilité ?
Je n'ai plus l'espérance au souverain dictame,
  La foi dans la fraternité.

Je ne sais plus aimer..., je me fane et m'effeuille
  Comme un arbre malade au cœur...
Ce siècle est froid : le barde oublié n'y recueille
  Que déception et douleur.

Ah ! si j'avais fouillé dans les hontes humaines
  Pour en tirer des feuilletons,
Si j'avais délaissé mes études sereines
  Et l'azur de mes horizons,

Si j'avais composé des fables libertines,
  Réhabilité nos Laïs,

Je serais lu ! Mon œuvre, étalée aux vitrines,
    S'achèterait aux meilleurs prix !

Mais non ! j'ai préféré l'idéal de nos mères,
    Le noble amour, la vérité ;
Insensé ! j'ai voulu changer les caractères,
    Régénérer l'humanité,

Et, regardant de près ma tâche colossale,
    Comme le Christ aux Oliviers,
Le désespoir m'a pris... l'œil vague, le front pâle,
    Seul le long des lointains sentiers,

Je m'en vais accablé sous le faix de mon rêve
    Grandiose, mais trop pesant,
Et, Sisyphe nouveau, le roc que je soulève
    Sans cesse retombe, écrasant...

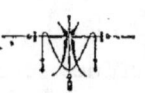

DÉCOURAGEMENT

Inspiration du jeune âge,
  Pourquoi revenir me hanter,
Puisque je n'ai plus le courage
De te sourire et de chanter ?

Illusions que j'ai bannies
Pourquoi donc retournez-vous voir,
Durant mes longues insomnies,
Mon cœur sevré de tout espoir ?

J'ai laissé la Muse inutile,
Rentré sous le banal niveau,
Je suis ce siècle mercantile
Pour qui tout finit au tombeau.

Siècle de fer, siècle insensible
Qui se rit des lois et des Dieux

Et qui traite en enfant terrible
Tout ce qu'ont chéri nos aïeux.

Ah ! si j'avais su que le barde
Fût comme un creuset de douleurs,
Trop heureux lorsque l'on prend garde
De ne pas persiffler ses pleurs.

Sur tout rêve et toute croyance
J'aurais joyeusement dansé ;
D'égoïsme et d'indifférence
Je me serais bien cuirassé.

Brisant ma lyre surannée
A quelque borne du chemin,
J'aurais vu passer chaque année
Sans nul souci du lendemain.

J'aurais vécu comme tout autre
Aux mœurs d'aujourd'hui revenu
Et du veau d'or fervent apôtre
Je serais un gros parvenu.

Octobre 1872.

REPROCHES A LA GLOIRE

J E t'avais désirée, ô déité trompeuse,
   Je te vouais mon cœur d'enfant,
Partout je te cherchais sur ma route poudreuse
   Pour braver l'oubli, le néant.

Aux pauvres, aux petits, aux souffrants de la terre
   Je voulais parler à mon tour,
Savoir mon nom béni sous chaque humble chaumière,
   Chanter la concorde et l'amour.

Quand on disait ton nom, suprême séductrice,
   J'étais tout palpitant d'émoi,
Dix fois j'aurais donné ma vie en sacrifice
   Pour un seul sourire de toi.

Et maintenant, je vais, sans force et sans courage,
   A tous les vents, je ne sais où,

Courbant ma tête lourde ou, jouet d'un mirage,
  Me demandant si je suis fou.

Car tu me fuis, ingrate, et te donnes à d'autres,
  Aux intrigants, aux suborneurs,
Et les martyrs du vrai, les poëtes-apôtres,
  Pour eux tu n'as que des froideurs.

Ton caprice a tourné : il te faut des scandales,
  Régal des peuples décadents ;
Tes premiers soupirants sont gens trop plats, trop pâles,
  Tu cours à de nouveaux amants.

Puisque cela te plaît, sois donc la favorite
  Des lions éhontés du jour,
Pour moi, je ne tiens plus qu'à m'endormir bien vite
  Du grand sommeil, avant mon tour.

Juin 1884.

PORTRAIT DE FEMME

(LA MÉLANCOLIE)

A mon ami le peintre H. B.

C'EST bien elle, ô mon peintre, elle sombre et rêveuse,
    Assise sur la grève et seule dans la nuit !
On croit voir se gonfler sa poitrine fiévreuse,
Dans son regard pensif on pressent ce qui luit.

La lune terne dort aux replis d'un nuage,
C'est vivant, simple et grand, sous l'horizon tout noir,
L'Océan inquiet écume dans l'orage
Comme une âme battue au vent du désespoir.

Et là, devant ce deuil profond de la nature,
Au bord du gouffre immense à l'étrange rumeur,

Pâle, amaigrie, offrant à l'air sa chevelure,
Elle creuse la vie et sonde la douleur.

Sa bouche contractée a perdu le sourire,
Une précoce ride a lézardé son front,
Sa blanche main émue et tremblante déchire
De roses sans éclat les débris qui s'en vont.

C'est qu'elle a tant souffert ! Elle avait du génie
Avec une âme ardente, éprise d'idéal,
Et cette expression de douceur infinie
Que parfois le ciel met sur un front virginal.

Mais elle a vu le monde avec ses petitesses,
Avec ses lâchetés et ses divisions,
Surtout l'heure présente et toutes ses tristesses,
Et le fourmillement mesquin des passions.

Et quand elle eut compris la comédie humaine,
Surpris les acteurs laids, sans fard, mus par l'argent,
De dégoût, ô mon peintre, elle se sentit pleine,
Et par toi nous voyons ce qu'elle est maintenant...

VII

LA FOI

A CELLES QUI LIRONT « *LA FOI* »

O ma sœur en la foi chrétienne,
Fidèle à l'idéal ancien,
Ouvrière ou patricienne,
Toi dont le symbole est le mien ;

Puisque c'est la femme qui prie
Pour adoucir le sort ingrat,
Puisqu'aux cieux va sa rêverie
Quand l'homme discute ou combat,

S'il te vient quelque jour en tête
D'entr'ouvrir ce livre un instant,
Donne une pensée au poëte
Qui s'y peignit triste et souffrant,

Afin qu'il puisse, si la nue
S'éclaire d'un rayon meilleur,
Se dire : « *Une amie inconnue*
» *A prié pour moi le Seigneur.* »

VENDREDI SAINT 1894

Il saigne encor, le Christ, et saignera sur terre
Jusqu'à ce que le temps interrompe son cours ;
Il est toujours en croix, toujours sur un calvaire,
　　La *Passion* dure toujours...

Elle dure dans ceux que brise une injustice,
Dans le faible, le pauvre et le persécuté,
Dans l'orphelin qui pleure et l'intime supplice
　　De l'homme de bien insulté.

Car Jésus-Christ, c'est eux !... C'est la foule divine
Des bons, sans cesse en butte aux rires des pervers ;
Le Golgotha n'est pas une étroite colline,
　　C'est la face de l'univers.

MIGRATIONS DES AMES

A UNE PASSANTE

L'homme est un Dieu tombé qui se souvient des cieux.

LAMARTINE.

Jamais jusqu'alors je ne t'avais vue
    Sur le globe triste où nous cheminons,
Et pourtant je t'ai, j'en suis sûr, connue
Dans quelque autre étoile aux lointains rayons.

Rappelle-toi bien : c'était dans un monde
Où tout était beau sous un ciel sans nuits ;
Sans soins ni labours, la glèbe féconde
Au passant charmé livrait tous ses fruits ;

Les cœurs battaient francs, nobles et fidèles,
C'était un pays de fraternité ;
L'églantier portait des fleurs éternelles
Sous un éternel et splendide été.

— Qu'avons-nous donc fait pour que, sur la terre,
Un cruel destin nous relègue ainsi ?
Pour que la douleur, étrange mystère,
Au fond de l'exil nous courbe à merci ?

— Courage, ô ma sœur ! ce temps de souffrance
N'est qu'un temps d'épreuve et tôt passera,
Car Dieu nous laissa la sainte Espérance
Et l'Eden perdu demain reviendra.

ASPIRATIONS

Qᴜᴇ nous semblons petits devant le ciel immense,
    Mortels, que nous sommes petits !
Que notre Panthéon paraît peu, que la France
    Est mesquine entre ses partis !

Oh ! quand la verrons-nous, l'union fraternelle
    De tous les hommes dans le bien,
Tous les peuples amis, la paix universelle
    Et le monde vraiment chrétien ?

Quand verrons-nous chacun chérir comme soi-même
    Les souffrants et les miséreux,
Et toujours regarder l'éternité suprême
    Par delà les temps ténébreux ?

Martyr du Golgotha, ce fut jadis ton rêve,
     L'unité sous un seul pasteur :
Pourtant la nuit persiste et ce siècle s'achève,
     Comme tant d'autres, dans l'erreur.

Encor quelques étés, le vingtième va naître
     Et ta croix aura deux mille ans
Et, pèlerins d'un jour, nous devrons disparaître
     En la passant à nos enfants.

Mais l'âme ira d'un bond pénétrer ce mystère
     Enveloppé d'ombre ici-bas :
Savoir pourquoi l'épreuve est chose nécessaire
     Avant de rentrer dans tes bras.

Dominant d'un coup d'œil l'œuvre de ton génie,
     Nous comprendrons ton plan divin
Et pour lot nous aurons l'allégresse infinie
     Dans la lumière sans déclin.

FLUX ET REFLUX

Souvent, désenchanté, farouche et solitaire,
Errant, pour m'étourdir, à travers la cité,
Ne sachant plus prier, maudissant tout sur terre,
Le cœur gros d'ouragans, marbré d'obscurité,

Je saisis au passage un doux mot de tendresse
D'un enfant à sa mère, ou j'aperçois venir
Un franc et pur visage, et je sens ma tristesse
S'envoler, et le calme à l'instant revenir...

Il faut peu pour m'abattre et peu pour que mon âme
Redevienne joyeuse après l'abattement :
Je ressemble aux foyers de bois vert dont la flamme
Lutte avec la fumée et ne luit qu'en tremblant.

Je ne suis pas méchant : certes, je ne demande
Qu'à croire à la bonté, qu'à rencontrer le bien,

Mais la confusion à cette heure est si grande
Que je me déconcerte et déroute pour rien.

Tantôt, ardent et fort, je donnerais ma vie
Pour l'affirmation de quelque vérité,
Tantôt je suis sceptique èt tourne un œil d'envie
Vers les gras sans-soucis au bon lit duveté.

Et pourtant, malgré tout, la foi religieuse
Couve toujours en moi... Lorsque passe un cercueil
J'aime à me figurer une âme radieuse
Qui sourit immortelle et plane sur ce deuil.

Alors, jetant un cri du fond de ma misère,
Un cri vers l'infini dont j'entrevois un coin,
J'aspire après la paix, le reflet de lumière
Et le rayon d'amour dont j'aurais tant besoin.

ET HOMO FACTUS EST

*A Madame la Comtesse douairière
de Bourbon-Chalus.*

Voyez-vous se courber toutes ces têtes nues
    Devant ces quatre mots ?
C'est qu'ils cachent en eux des forces inconnues,
    De tout puissants échos.

En eux sont formulés les destins de ce monde :
    Simples et rayonnants,
Ils tiennent en respect, dans leur splendeur féconde,
    Les petits et les grands.

Ils sont la clef de voûte et le ciment sublime
    De l'édifice humain :
Sans eux on pencherait vers l'orgie et l'abîme
    Du jour au lendemain.

Mais l'Idéal est là qui prend et qui relève,
  Dieu se fait l'un de nous,
L'Infini qui nous berce en un superbe rêve
  Nous transfigure tous.

Et l'humanité fend les âges et l'espace,
  Sa foi comme soutien,
Et le vieillard qui meurt aux petits enfants passe
  Le signe du chrétien.

A MON PREMIER PUPITRE

Humble petit pupitre où j'ai fait tant de rêves,
    Caressé tant d'illusions,
Où j'écoutais monter, comme un flot sur les grèves,
    Mes généreuses passions.

Humble petit pupitre où je cherchais la gloire
    Entre deux feuilles de papier,
Où j'osais espérer un regard de l'Histoire,
    Une parcelle de laurier.

Je ne puis t'en vouloir, car ce n'est point ta faute,
    O cher et discret confident,
Mais le sort à plaisir me déconcerte et m'ôte
    Espoir, courage et sentiment.

L'enfant qui se croyait des foules relevées
    Un futur guide social,

Quand les réalités sombres sont arrivées,
    Riant d'un rire glacial,

A senti se briser son âme inguérissable
    Avec un grand sanglot cuisant
Et demande aujourd'hui lequel est préférable
    De cette vie ou du néant.

Heureusement la main qui tient notre calice
    Est une main divine, et moi
De mes désirs trompés je ferai sacrifice
    O mon Dieu, pour l'amour de toi.

Août 1873.

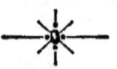

RECOURS SUPRÊME

CHACUN lutte pour l'existence,
   Lutte âpre et rude : on ne croit plus
A cette douce Providence
Incarnée un jour en Jésus.

Que de nations ébranlées
Par la ligue des mécontents !
Que de faibles âmes troublées !
Que de grands projets en suspens !

O vous dont la thèse stérile
Méconnaît la vie à venir,
Au pur flambeau de l'Evangile
Pourquoi donc ne pas revenir ?

Pourquoi priver d'une espérance,
L'infirme, l'enfant, l'orphelin ?
Supprimerez-vous la souffrance ?
Terrasserez-vous le destin ?

Combien de malheurs dont le terme
Echappe à l'empire des lois,
De blessures que rien ne ferme
Et que seule ennoblit la Croix !

Combien de douleurs incurables,
Cancers aux flancs martyrisés,
Et d'écroulements lamentables,
Gethsémanis des cœurs brisés ?

Vos édits, vos décrets, vos phrases,
Prévaudront-ils contre la mort ?
Infirmeront-ils sur leurs bases
Tant de cruels arrêts du sort ?

Non, non, Dieu seul, recours suprême,
Peut sauver l'homme d'aujourd'hui,
Lui seul a la clef du problême
Tout n'est que dédale hors de lui.

NOS MARTYRS

(DEVANT UN RELIQUAIRE)

O<small>H</small>! quand, sur les bûchers, sous la dent des panthères,
Des peuples et des rois affrontant les colères,
    Méprisant de terrestres biens,
Tous tombaient, grands, petits, vieillards ou jeunes filles,
Comme le blé des champs sous le fer des faucilles
    En criant : « *Nous sommes chrétiens !* »

Oh! quand l'enthousiasme animait leurs poitrines,
L'enthousiasme pur, en ses sources divines
    L'enthousiasme alors nouveau !
Quand tous, ne faisant qu'un, n'avaient qu'une souffrance,
Qu'une foi, qu'un amour, qu'une même espérance
    D'un bonheur s'ouvrant au tombeau !

Qu'ils étaient beaux ainsi ! quelle foule sublime,
Vrai bataillon sacré duquel chaque victime,
　　Superbe, mourait en héros !
C'est pourquoi d'idéal leurs exemples nous servent
Et leurs derniers neveux pieusement conservent
　　Les moindres fragments de leurs os !

Mais voici que les temps comme alors s'assombrissent :
En ce siècle au déclin les sectaires s'unissent
　　Pour bafouer la vérité :
« *Jésus ment, disent-ils, tout meurt, même notre âme :*
» *Le but, c'est le plaisir ; l'or, le moyen ; la femme,*
　　» *Simple instrument de volupté.* »

Eh bien, s'ils dominaient quelque jour la patrie,
Par impossible, offrons, s'il le faut, notre vie
　　Pour ton culte, ô mon Dieu, pour toi !
Qu'un baptême de sang ravive et régénère
Ce grand cèdre immortel, dix-neuf fois séculaire,
　　Symbole de Force et de Foi !

Cèdre immortel ; voyez : toujours de la tourmente
Plus fort il est sorti, son écorce puissante
　　A toute hache a résisté ;
Nos heures de trépas sont des instants de fête,
Le valet dont la main trancherait notre tête
　　Nous ouvrirait l'éternité.

S'il venait, le martyre, et vestales et prêtres,
Artisans ou penseurs, ignorants et grands-maîtres,
    Partout des preux sauraient mourir :
Des milliers l'ont su, mais le céleste espace
Est sans fin : notre Christ y réserve une place
    A chaque élu de l'avenir.

1872.

A L'HOTEL-DIEU DE BOURGES

APRÈS UNE OPÉRATION CHIRURGICALE[1]

Mon lit est blanc, tout blanc, ma chambre bleue et blanche,
L'oiseau chante à ma vitre et la cloche répond :
Le chlore alourdissant qu'un art savant épanche
M'endort, en priant Dieu, d'un grand sommeil profond.

Je m'éveille, opéré par une main magique,
Jeune et déjà célèbre, en qui mon âme eut foi[2].

(1) Bien que cette pièce, de même qu'un certain nombre d'autres aujour-
d'hui encore inédites, n'ait pas été destinée, à l'origine, à la publicité,
quelques amis demandent à l'auteur d'apporter à son tour aux Sœurs de la
Charité de Bourges son modeste hommage, en publiant cette poésie, dont il
n'existe jusqu'à ce jour que quelques copies manuscrites à l'*Hôtel-Dieu* et entre
les mains d'un petit nombre de personnes. L'auteur se rend de grand cœur
à ce désir. Voy. aussi à la Table les strophes portant pour titre : *A Sœur
Clémentine.*

(2) Docteur Témoin, chirurgien en chef.

Tout mon être, dit-on, guéri, chante un cantique
D'allégresse au Seigneur qui prit pitié de moi.

Puis, tandis que ma plaie, habilement pansée,
Se ferme et se guérit, le temps fuit et, songeur,
J'évoque en mon esprit ma jeunesse passée,
Mes rêves tout meurtris de gloire et de bonheur.

Je vois tout le néant des vanités mondaines,
Mais je vous vois aussi venir à mon chevet,
Sœurs de la Charité, divinités humaines
Qui du ciel m'apportez un gracieux reflet.

D'un sublime idéal souriantes épouses,
Vous avez tout quitté pour l'éternel Ami,
Sa foi fait votre force et vous n'êtes jalouses
Que de ne pas gagner son amour à demi.

La prière publique, en hymne expiatoire,
Plus jamais des dortoirs ne monte vers les cieux :
C'est la loi…, mais en eux votre exemple fait croire ;
Jésus n'est pas absent : il se lit dans vos yeux.

10 Juin 1895.

NOËL NOUVEAU

~~~

O Christ, la nuit descend sur la terre où nous sommes ;
On sent se préparer quelque immense ouragan ;
Le doute inquiet tourne et retourne les hommes
Comme un fétu de paille au sein d'un océan ;

Et nous, derniers amis qui te restons fidèles,
Quand trop souvent d'honneurs l'apostat vit repu,
Vainement nous luttons contre les flots rebelles
Tels que des naufragés autour d'un mât rompu.

Groupés à tes côtés, palladium suprême,
Artisans ou penseurs, tous frères par la Foi,
Nous marchons, bafoués par la foule, la même
Qui suivait ton Calvaire et qui crachait sur toi.

Notre vieux monde, ô Christ, retombe dans la voie
D'où tu l'avais tiré par ton avénement :
Qu'au bercail un des tiens encor t'implore et croie,
C'est peu, quand le troupeau devient indifférent ;

C'est peu quand on retourne aux jours de décadence,
Aux temps que Juvénal et Tacite ont décrit,
Aux soirs efféminés de Rome et de Byzance,
Aux prostitutions du cœur et de l'esprit ;

Aux secrets raffinés des honteuses luxures,
A la chasse effrénée et cynique de l'or,
Au superbe dédain de ces vertus obscures
Qui des peuples naissants favorisent l'essor.

D'un prodige divin nous sommes dans l'attente,
Une seconde fois, oh ! reviens parmi nous[1] !
Que de nouveau Lazare, à ta voix éloquente,
Revive pour bénir ton nom à deux genoux ;

Fais-nous revoir les pleurs fervents de Madeleine
Et Marthe à te servir alerte s'empressant,
La veuve de Naïm et la Samaritaine,
L'aveugle à Silöé sous ton doigt guérissant ;

---

(1) Cette pièce (comme peut-être d'autres encore dans ce recueil), n'est
que le résumé d'une situation morale, suivi d'un vœu poétique émis sous
l'impression du moment, et l'auteur n'entend préjuger ni heurter aucun point
de théologie.

Les croyants d'Emmaüs au merveilleux voyage,
Le publicain Zachée et l'humble centenier,
Siméon le vieillard au sublime langage,
Jean qui près de ta croix demeura le dernier.

Dans notre ciel désert, ô Christ, fais reparaître
L'étoile qui guida les rois à ton berceau
Et qu'au pied de la crèche où tu viendras renaître,
Le siècle qui finit chante un noël nouveau.

REGARD EN ARRIÈRE

Oh ! pourquoi suis-je donc encor sur cette terre ?
Enfant, je te lisais dans les yeux de ma mère
Et mon premier amour, ô mon Dieu, ce fut toi ;
Puis, quand la poésie ailée et lumineuse
Comme une aube dora ma jeune âme rêveuse,
Ce fut encor ton nom qui s'échappa de moi...
La fleur de plus en plus entr'ouvrit son calice,
Mon cœur s'épanouit, Seigneur, à ton soleil,
Fier, je voulus entrer à mon tour dans la lice
Et sonner sur le monde un clairon de réveil...
Mais voici qu'un Mentor à la voix triste et grave
Me dit (j'en sens toujours comme un frisson soudain) :

« *O Poëte, avant tout du corps on est l'esclave :*
» *On doit gagner sa vie, et tu mourras de faim.*

» *Peut-être, sur ta tombe, une gloire posthume*
» *Comme un astre tardif, viendra briller un soir,*
» *Mais n'y compte pas trop, car l'homme est une enclume*
» *Qu'il faut frapper très fort avant de l'émouvoir ;*
» *L'homme est un égoïste avant tout : pour un barde*
» *Qui, tout meurtri, parvient à l'immortalité,*
» *Combien passent obscurs et sans qu'on les regarde !*
» *A moins que d'être riche ou que d'avoir flatté*
» *Tous les puissants du jour et vendu son génie,*
» *Votre drap mortuaire est un voile d'oubli,*
» *Nul écho ne prolonge au loin votre harmonie,*
» *Le flot succède au flot et n'en garde aucun pli. »*

Ces quelques mots finis, l'on me reprit ma lyre,
Plus je ne la revis qu'à de rares instants ;
Alors, l'œil sans éclat, la lèvre sans sourire,
J'étudiai les lois, austères monuments ;
J'entrai dans vos détours, chicanes misérables,
J'admirai les rhéteurs sans en être jaloux :
Enfant, j'avais rêvé des gloires plus durables
Et quand, la nuit, au pied de ma couche, à genoux,
J'implorais l'Éternel pour qu'il me fît apôtre,
Mon regard embrassait un horizon tout autre,
Un horizon d'amour aux champs de l'infini,
Un grand pays de paix, d'étreintes fraternelles,
Un peu plus d'idéal sur les choses mortelles,
Et le Thabor enfin, après Gethsémani.

Mais tu n'as pas penché l'oreille vers ma plainte,
Seigneur ! je me soumets : que ta volonté sainte
Soit faite, et que mon luth soit oublié... pourtant
S'il te fallait un homme en un jour de tempête,
Pour te donner son sang, pour exposer sa tête,
Toujours à ton appel je répondrais : « Présent »,
Et, comme un fils revient dans les bras de son père,
Comme un aiglon perdu retrouve ses sommets,
Dans ton sein créateur à rentrer j'aimerais...
Oh ! pourquoi suis-je donc encor sur cette terre ?

7 Août 1875 (anniversaire de la naissance de l'auteur).

VIII

LES FLEURS ÉPARSES

STROPHES A LA MUSE

A Monsieur le marquis de Vogüé, de l'Institut.

O Fervente de l'Idéal,
    Tantôt douce et tantôt terrible,
Toi qui luttes avec le mal
Et montres l'homme perfectible ;

Des penseurs au front douloureux
Grandiose consolatrice,
Sœur vengeresse et protectrice
Des petits et des malheureux ;

Digue contre la décadence,
Relèvement des nations,

Virilité dans la souffrance,
Épurement des passions ;

Archange brillant de lumière,
Guide aimable du genre humain
Marchant vers la nouvelle terre
Que ton doigt désigne au lointain ;

Toi qui ne sens pas les épines
Quand tu montes vers l'avenir,
Toi qu'on trouve sur les collines
Priant, quand l'aube va venir ;

Interprète de toutes choses,
Qui chantes les fleurs tour à tour
Et, des pierres comme des roses,
Fais sortir un écho d'amour ;

Tu sais, à force de génie,
Émouvoir les cœurs les plus durs,
Pour ceindre Ilion, la Patrie,
Sous ton luth s'assemblent des murs ;

L'implacable Euménide pleure,
Tantale un instant n'a plus faim
Et Sisyphe, interdit, demeure
Avec son roc, à mi-chemin.

Le parvenu jouit et passe
Et s'en va dormir son sommeil,
Mais toi, tu laisses une trace,
La trace ardente d'un soleil ;

Sur les âges et les frontières,
Tu planes, sublime beauté,
Et, quand meurent tant de chimères,
Tu donnes l'immortalité.

CHAUVIGNY, CHAUVIGNY,

CHEVALIERS PLEUVENT ! [1]

(CRI DE GUERRE D'ANDRÉ DE CHAUVIGNY A LA 3ᵉ CROISADE)

O Déols, nom sacré des chroniques anciennes !
Châteauroux, fier comté, joyau du *Preux des Preux !* [2]
Pour Sion vont partir les milices chrétiennes,
Chauvigny part, la lance au poing, l'éclair aux yeux.

Auprès de Richard Cœur-de-Lion, l'intrépide,
Aux campagnes d'Arsur [3] il défait Saladin,

---

(1) Cette poésie avait été demandée à l'auteur pour figurer, et a figuré en effet, dans un journal illustré spécial, tiré au profit des pauvres, à l'occasion d'une cavalcade de bienfaisance du 7 juin 1897, représentant l'entrée à Châteauroux d'André de Chauvigny et de sa femme, Denise de Déols.

(2) Surnom d'André de Chauvigny, d'après l'ancienne *Chronique de Déols*, citée par La Thaumassière, *Hist. du Berry*, édit. de 1689, p. 512.

(3) On trouve également l'orthographe Assurs.

Puis, haletant encor d'une marche rapide,
De Joppé[1] délivré chasse le Sarrazin.

Blessé, captif, pourtant, quand passent deux années,
Il retrouve, à la paix, Denise et ses enfants,
Mais, « *aux braves souvent les courtes destinées* »,
Et Denise à Déols devient veuve à trente ans.

Chauvigny, Châteauroux de ton nom reste digne :
Ton nom crîra toujours, quand nos fils combattront,
Qu'il est beau de mourir, et sans qu'un seul forligne,
De mourir tel que toi, jeune et la gloire au front !

(1) Aujourd'hui Jaffa.

PETITS BONHEURS

Au poëte Antoine Campaux.

Tous ces beaux messieurs me font rire,
    Que je vois prendre tant de mal
Pour l'or, les places, ou pour dire
Qu'on parle d'eux dans un journal.

Dans mon humble coin, je me moque
De tout ce fracas de bavards
Qui fait ressembler notre époque
Au brouhaha des grands bazars.

Ils se bousculent, se renversent,
Au tréteau boiteux des honneurs,
Et, loin des vents qui les dispersent,
Je goûte mes petits bonheurs :

Bonjours d'une voisine aimable,
Rayon de soleil au jardin,
Trio d'amis à notre table,
Premiers sourires d'un bambin ;

Chant de bergère au crépuscule,
Son de la cloche à l'*Angelus*,
Heure d'amour à la pendule,
Livres de choix lus et relus ;

Douces veilles sous la ramée
Et les pâles lunes d'été,
Petits riens dont l'âme est charmée,
Dons de calme et de liberté ;

Bonheurs qu'on trouve à domicile,
Fleurs qui poussent dans votre cour,
Petits bonheurs d'un cœur tranquille,
Petits bonheurs de chaque jour.

A SŒUR CLÉMENTINE.

SUPÉRIEURE DE L'HÔTEL-DIEU DE BOURGES

A l'occasion de la médaille d'honneur à elle remise en mai 1897,
lors d'une visite de M. le Ministre
du Commerce, de l'Industrie, des Postes et Télégraphes (1).

A l'âge où tant et tant ne rêvent que toilette,
Enchantement des bals, anneaux de fiancés,
Vous avez préféré, ma sœur, l'humble cornette,
Les vœux pour Jésus–Christ à l'autel prononcés.

Quarante-quatre hivers, sur votre robe noire,
Ont neigé, dont vingt-quatre en ce vieil hôpital,

(1) A rapprocher de la poésie portant pour titre : *A l'Hôtel-Dieu de Bourges*
(voy. à la Table.)
Les strophes ci-dessus à sœur Clémentine ont été illustrées par une autre
religieuse du diocèse de Bourges avec une pieuse délicatesse et un très gracieux talent.

Votre vie a passé sans bruit ni vaine gloire,
Pure comme, au vallon, la source de cristal.

Les pauvres t'ont béni, doux nom de Clémentine,
Indulgent à la faute et clément au malheur ;
On a prié pour vous, messagère divine,
Dans ces lits alignés où veille la douleur.

Vous n'aspiriez qu'au ciel, pour seule récompense,
Au ciel que le croyant dans la mort entrevoit ;
Vous ne pensiez qu'à Dieu, lorsqu'au nom de la France
Le ruban tricolore est venu par surcroît.

Vous pouvez les porter, ces couleurs glorieuses,
Avec les sauveteurs vous pouvez partager,
Puisqu'en cet Hôtel-Dieu, dans ces salles fiévreuses,
Vous vivez chaque jour compagne du danger.

Et vos sœurs dans la foi, la Vénérable Mère
Qui de votre Ordre entier vient se faire l'écho,
Malades, serviteurs, tout, jusqu'aux murs de pierre,
Aujourd'hui semble en fête, et tout vous dit : *Bravo !*

LE SOIR EN VILLE

Voici le soir avec ses mille réverbères
    Et la lune argentant nos clochers séculaires
        Comme un réverbère de Dieu ;
Voici le haut beffroi dont le cadran s'allume
Montrant aux attardés qui passent dans la brume
        L'heure flamboyante au milieu.

On entend l'*Angelus* qui tinte et la retraite
Des clairons, des tambours, dont l'écho se répète
        Jusqu'au fronton des monuments
Tandis que, sur leurs blocs, ombreuses, les statues,
Sous le manteau romain dont elles sont vêtues,
        Ont comme des tressaillements...

Vive le soir ! chantant la joie et la folie,
Vidant sa coupe fraîche, encor vierge de lie,
        La jeunesse court chez Vatel
Pendant que le penseur, accoudé sur un livre,
Parfois trouve comment on doit parler et vivre
        Pour mériter d'être immortel.

HARPES ÉOLIENNES

Au milieu du parc solitaire,
  Dans le silence et le mystère
L'une à l'autre se répondant,
Les harpes d'Eole, vibrantes,
Offrent leurs cordes frémissantes
Aux baisers du soleil levant.

Le grand bosquet devient sonore
Comme aux premiers feux de l'aurore
Le colosse d'Aménophis,
Mais le faible son s'évapore
Bientôt, tel qu'un parfum de Flore
Ou des blonds cheveux de Cypris ;

Et pourtant sa monotonie
Souvent calme ma rêverie
Sous ces arbres au dôme épais :
Pour bercer l'âme endolorie
Il suffit d'un peu d'harmonie,
D'ombre, d'idéal et de paix.

L'IDÉAL QUAND MÊME

DES gens graves m'ont dit : « *La Poésie est morte,*
  » *On ne te lira pas,*
» *On n'estime aujourd'hui que le bien qui rapporte,*
  » *L'Idéal est à bas.*

» *Notre époque a pour trône un bloc de houille noire,*
  » *Pour couronne l'airain ;*
» *Aux grands industriels vont les écus, la gloire,*
  » *Aux rimailleurs la faim.* »

Eh bien, non ! je prétends qu'il faut la Poésie
  Et qu'il faut l'Idéal ;
Je vénère Hégésippe au bord de sa Voulzie,
  Gilbert à l'hôpital.

Que la postérité me dédaigne ou m'admire,
  J'ai besoin de chanter,

Contre le scepticisme où notre siècle expire
      Besoin de protester.

Du Génie et de l'Art l'étoile est éternelle :
      Cet obscurcissement
Qui passe par hasard et repasse sur elle
      N'a jamais qu'un moment.

L'homme, né pour la foi, créé pour la lumière,
      Y retourne à la fin,
Et toujours, par-dessus les temps et leur poussière,
      Plane l'astre divin.

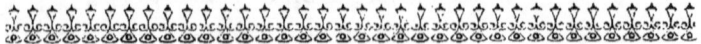

AME EN PEINE

Eh ! oui, je suis une âme en peine,
   Un cœur étrangement troublé
En ce monde où l'amour, la haine,
Le bien, le mal, tout est mêlé.

En vain je sonde, en vain j'implore
L'impitoyable azur des cieux,
Les cieux ne m'ont pas dit encore
Leur grand *pourquoi* mystérieux.

Dans mon pauvre être qui n'aspire
Qu'à se recueillir loin du bruit,
Tout se heurte, tout se déchire
Comme un choc d'ombres dans la nuit.

Nos aïeux avaient leur croyance ;
Renan a remplacé Gerson ;

Nous vivons encor d'espérance :
Après nous de quoi vivra-t-on ?

Comme un pâle œillet dans la mousse
Aux fentes du roc plein d'horreur,
L'espérance est la fleur qui pousse
Aux sombres crevasses du cœur.

Mais on s'use à force de lutte
Contre le Doute aux traits confus
Et l'Espérance se rebute
Quand la Foi ne la soutient plus.

DAME ET SERVANTE

La Dame :

Tu veux te marier à Pâques, pauvre fille ?
    Tu te fatigues donc d'habiter le château ?
Ce jeune homme n'a rien, pas plus que sa famille ;
Marthe, je ne vois pas ton avenir en beau.

Un enfant vous viendra, puis deux, puis davantage
Peut-être : ce seront des bouches à nourrir ;
Ton fiancé paraît très fort, mais son courage
Sous quelque maladie un jour pourra faiblir.

Tu vivras de pain bis et de pommes de terre,
D'un ragoût le dimanche et d'un vin sans chaleur ;

A quoi bon t'embarquer, Marthe, dans la misère ?
Reste : je t'ai toujours traitée avec douceur.

La Servante :

Merci, Madame, mais que voulez-vous ? je l'aime
Mieux qu'un servage d'or, ma rude pauvreté ;
J'aime mieux le ragoût que je ferai moi-même,
J'aime mieux la misère... avec la liberté.

SOIS BON

*A M. C***, qui débutait sans appui,
ni santé, ni fortune.*

Sois bon : dans la vie, aujourd'hui si rude,
   Faible, tu seras distancé, meurtri,
Pauvre, tu vivras dans la solitude,
Pour le moindre écart presque au pilori.

Sois bon : les meilleurs élans de ton âme
Iront se briser contre un mur d'airain ;
Parfois, sur ta route, un serpent infâme
Par toi réchauffé, te mordra la main.

Tu verras des gens au moins discutables
Auprès de tes chefs mieux en cour que toi,
Par l'intrigue aux fils presque insaisissables
Ton nom rabaissé sans savoir pourquoi.

Seul tu tenteras (le courage est rare)
Ton devoir, sans qu'on te veuille appuyer
Et l'humaine envie aisément s'empare
Du juste vaincu, pour s'en égayer.

Sois bon malgré tout : n'oppose à la lie
Sur tes pieds bavant, ni cri ni sanglot ;
Sois bon et tais-toi : tout passe et s'oublie,
Jésus flagellé n'a pas dit un mot.

Oui, sois bon quand même, ô cœur droit qu'attriste
Le troublant chaos du bien et du mal,
Puisque rien de pur au monde n'existe,
Toi, de la bonté fais ton idéal.

Victime impuissante et presque certaine
Des forts qui s'en vont, yeux brillants, fronts hauts,
Pense à l'*au-delà*, garde-toi sans haine,
Le Christ a prié pour tous ses bourreaux.

ENCORE UN SUICIDE

Quand la vie, autrefois, devenait trop amère,
Comme on avait encore une épave de foi,
On se réfugiait au fond d'un monastère,
On dressait une croix entre le monde et soi.

Mais maintenant qu'on doute et qu'on rit de Dieu même,
Ne sachant plus prier, l'on met fin à ses jours,
Et, l'œil désespéré, le front pesant et blême,
Dans la lourde asphyxie on s'endort pour toujours.

O vous qui ravissez la suprême espérance
Et le dernier morceau de pain religieux
Du malheureux qui lutte avec l'âpre souffrance,
Vous qui le plaisantez de regarder les cieux ;

Moi qui ne hais personne et qui chante pour dire
Un mot d'amour à tous, même à mes ennemis,
Moi dont la voix pourtant se refuse à maudire,
Devant ce froid cadavre, eh bien ! je vous maudis !

Janvier 1881.

A POVERINA

ARRÊTE..., ne bois pas ce poison que tu portes,
   Eteins de ce réchaud les charbons meurtriers,
Voici que mai charmant revient..., ouvre tes portes,
Ouvre tes contrevents aux parfums printaniers.

De la forêt, là-bas, vois les frais paysages,
Tout est beau, tout revit, tout parle de bonté,
Les oiseaux ont repris leur mille babillages,
Les grands cieux leur clémence et leur sérénité.

Tant d'autres à prix d'or achèteraient la vie,
Pourquoi donc abréger ce que Dieu te donna ?
Pourquoi devancer l'heure en ta fureur impie,
Quand la nature en fête entonne un hosanna ?

L'aquilon parfois cède à la brise embaumée,
L'espoir renaît avec un bonheur entrevu,

Et rien ne vaut, crois-moi, dans une âme calmée,
La douce émotion d'un plaisir imprévu.

Oui, peut-être demain, surprise inattendue,
Un sourire viendra rayonner dans ta nuit,
Une aube apparaîtra sur ta raison perdue
Comme une blanche fleur aux pans d'un mur détruit.

Et si nul cœur ami ne partage ta chaîne,
Si ta coupe n'a plus qu'amertume et que fiel,
Pense au Dieu qui souffrit plus qu'aucune âme humaine,
Prends jusqu'au bout sa croix : il t'a promis le ciel.

LA FOLLE

Au poëte Maurice Rollinat.

J E viens de la revoir [1] au fond de sa cellule,
   Accroupie, un jouet entre ses bras maigris,
Bizarrement parée avec un nœud de tulle
Surmonté d'une fleur sans nom en papier gris.

Sort cruel! que la plaie à son cœur fut profonde!
Dût-elle assez souffrir, dût-elle assez pleurer,
Avant que de sentir un jour, seule en ce monde,
Ses pensers se confondre et sa raison sombrer!

    Oh! qu'à seize ans elle était belle,
    Les yeux francs sous leurs clairs rayons,

(1) Voir à la Table la pièce intitulée *Assistance*, note 1.

Marchant ainsi qu'une immortelle
Dans un nimbe de cheveux blonds :
Jamais, au seuil de sa tourelle,
Plus gente noble damoiselle
N'éclaira de sa grâce frêle
Du vieux temps les sombres donjons !

Un voisin se glissait, tremblant, sous sa fenêtre,
Comme s'il eût commis quelque très gros péché,
Pour voir, à la veillée, un instant apparaître
L'orbe de son front pur sur la lampe penché.

Puis il lui fit l'aveu de son amour timide,
Ils furent fiancés et, quatre mois plus tard,
Fatalité terrible, on l'apporta livide,
Noyé dans un étang, un soir d'épais brouillard.

Veuve avant d'être mariée,
Dès lors, aigrie, elle traîna
La croix d'une suppliciée
Qu'aucune épreuve n'épargna ;
Sur elle-même repliée,
Du monde frivole oubliée,
Sa faible tête émaciée
Vers la démence déclina.

Par surcroît, l'an d'après elle était orpheline,
Un oncle abusait d'elle et la déshonorait ;

Retirée au faubourg, au fond d'une chaumine,
Elle mangeait à peine et son mal empirait.

Farouche, elle chercha deux fois à se détruire
En se blessant d'un bras inexpérimenté :
Alors au grand *Asile* il fallut la conduire
Sous quelque subterfuge au hasard inventé.

    Et dans la demi-clarté pâle
    Du cabanon aux lambris nus,
    Vivant d'une vie animale
    Sous le froid regard d'inconnus,
    Sans trêve, sans fin elle exhale
    Comme une note gutturale
    Qui fait frissonner, sépulcrale,
    Les visiteurs non prévenus.

Mais parfois — rarement — une vague pensée
Paraît de son cerveau vouloir percer la nuit ;
Alors la malheureuse, haletante, oppressée,
Semble chercher à joindre un fantôme qui fuit ;

Puis, ses yeux bleus au ciel levés avec colère,
Ses poings crispés frappant son sein tout dévêtu,
Elle jette des cris, où l'on distingue, amère,
Cette plainte : « *O mon Dieu, pourquoi me créas-tu ?* »

APRÈS UN MORCEAU DE CHANT

*A Madame A. P***.*

L E poëte se plaît à rhytmer des hommages
    A l'art, à l'harmonie, à la noble beauté,
C'est pourquoi j'ai fixé, Madame, sur ces pages,
Ma vive émotion quand vous avez chanté.

A vous sont le talent, l'enthousiasme et l'âme,
Une électricité jaillit de votre voix
Et le souffle qui sort de vos lèvres de femme
Rendrait leur jeune élan même aux cœurs les plus froids.

Ah! c'est que vous sentez ce que la note exprime,
C'est qu'en interprétant les maîtres inspirés
Vous vous appropriez leur idéal sublime
Et vous nous révélez des accents ignorés.

Vous savez évoquer, Madame, leur génie :
Nous les voyons renaître et palpiter en vous ;
Les divins mots de foi, d'amour ou de patrie,
Quand vous les prononcez, font courber les genoux.

Oui, s'ils pouvaient sortir de leur sommeil suprême,
Ces grands compositeurs, pour vous entendre aussi,
Tout fiers de voir ainsi rendre leur œuvre même,
Ils vous tendraient la main en vous disant : « *Merci !* »

APRÈS UNE TASSE DE THÉ

*A Madame C***.*

JE ne fais pas de politique
   — Trop d'autres en font — et pourtant,
Ce soir, à notre République,
Je préférerais un instant
Ces vieilles coutumes de France,
Ce temps des galants châtelains
Où, du moins, sans impertinence,
J'aurais pu, sur vos blanches mains,
Déposer un baiser timide
En vous quittant, au couvre-feu...
Aujourd'hui la vie est aride
Et froide..., l'on se dit « *adieu* »
Tout simplement : plus de tourelles,
De madrigaux, de troubadours,

De charmant culte envers les belles;
Tout est prose, jusqu'aux amours...
On ne voit que houille et qu'usines,
On n'adore plus que l'argent,
Le grand art se meurt, les ruines
N'ont qu'un mot distrait du passant.
Les cœurs ont perdu leur jeunesse,
Les poëtes sont délaissés :
Où donc es-tu, délicatesse,
Où sont les fleurs des ans passés ?

POURQUOI JE CHANTE ENCORE ?

A Monsieur le Vicomte de Spoelberch
de Lovenjoul.

QUELQUES amis m'ont dit : « *Vanité que d'écrire,*
    » *A quoi tout cela revient-il ?*
» *Le tout puissant barême a détrôné la lyre*
    » *Et l'Idéal est en exil.*

» *Qui donc s'aviserait de lire une épopée,*
    » *Camoëns, le Tasse ou Milton ?*
» *La Muse d'aujourd'hui n'est plus qu'une poupée*
    » *Qu'on fixe sur papier japon.*

» *Dès qu'un génie émerge au-dessus du vulgaire,*
    » *Germant pour l'immortalité,*
» *La jalouse clameur d'une meute sectaire*
    » *Le rappelle à l'égalité.*

» *La médiocrité domine en souveraine*
  » *Et le nombre infaillible est roi ;*
» *L'ingrate multitude a remplacé Mécène,*
  » *O naïf poëte, tais-toi.* »

Et pourquoi ? se tait-il dans l'ombre et le mystère,
  Le rossignol mélodieux ?
Non ! l'artiste divin, lorsqu'il est solitaire,
  Recueilli, ne chante que mieux.

Il chante pour chanter, non pour grouper la foule
  Des passereaux indifférents,
Et sans coquetterie au hasard il déroule
  Le poëme de ses accents.

Je n'ai jamais cherché la renommée hâtive
  Qu'on nomme popularité ;
Je ne sais pas flatter : j'ai la haine instinctive
  De la sotte loquacité.

Je veux des cœurs d'élite et non la vaine gloire
  Qu'emporte le vent de l'oubli :
Qu'au surplus l'amitié conserve ma mémoire,
  Je croirai mon rêve accompli.

1895.

AMBITION D'AUJOURD'HUI

Je n'ai pas de grand rôle au théâtre du monde,
   La comédie humaine ira fort bien sans moi,
J'aime peu les flatteurs à la creuse faconde,
Qu'ils flattent un monarque ou bien le peuple-roi.

Je ne promets jamais que ce que je puis faire,
Je suis indépendant, ne sollicitant rien,
Je n'ai qu'un seul désir, en passant sur la terre,
Essayer d'y répandre un tant soit peu de bien.

Sans fortune, je vis comme un anachorète,
Dès l'aurore au travail, je hais les paresseux;
Comme tant d'autres, j'ai ma blessure secrète,
Je vais, portant au flanc mon cancer douloureux.

Je veux la sympathie et non la renommée,
Je veux un pleur ami quand je souffre, une main

Qui, dans les mauvais jours, ne me soit pas fermée
Et ne me lance pas ce vieux geste : « *A demain.* »

Pourvu que dans leur vie obscure quelques âmes
Comme un sachet d'antan gardent mon souvenir,
Que parfois de mes vers les intimes dictames
Leur rendent une foi dans un autre avenir ;

Pourvu qu'en me lisant quelque humble créature
Se dise : « *Il était bon : les destins l'ont aigri*
» *Peut-être, mais je l'aime avec la meurtrissure*
» *Qu'il cache, et dont son cœur n'est pas resté flétri.* »

Je m'en irai sans plainte, ainsi qu'un fruit qui tombe
Sans un bruit, sur la mousse, au revers d'un talus,
Et quand j'aurai roulé blême et froid dans la tombe,
A quoi m'auraient servi quelques honneurs de plus ?

1894.

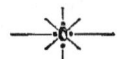

ÉPILOGUE

A ma Fille.

O toi qui viens de moi, chère petite amie
    Que me donna le Tout-Puissant,
Ange aux rêves divins quand tu ris, endormie
    Du profond sommeil de l'enfant.

Joyeux allégement des épreuves, des peines,
    Des luttes de mon âge mûr,
Toi dont le franc regard luit de clartés soudaines
    Comme une aube au fond d'un ciel pur.

Assemblage innocent de crédulité sainte,
    De douce et droite bonne foi,
Ame nouvelle et simple où tout laisse une empreinte,
    Où tout cause un naïf émoi.

Quand tu toucheras l'âge où parle le problème
    De la vie et de la douleur,
Prends ces vers que je lègue à toi, second moi-même,
    Ces vers où j'ai mis tout mon cœur.

Garde-les comme on garde, au fond du sanctuaire,
    La lampe à la pâle clarté,
A ton tour lègue-les, si tu dois être mère,
    A ta jeune postérité.

Faute d'un noble nom, de fortune, de gloire,
    Ou du luxe d'un grand portrait,
Solange, garde-le, l'humble livre, en mémoire
    Du poëte qui t'adorait.

Si rien ne les destine aux longues renommées,
    Si l'oubli doit les recouvrir,
Du moins conserve leur, aux pauvres *Bien Aimées*,
    Le culte de ton souvenir.

TABLE

II

Les Sympathies

TABLE 253

III

La Nature

IV

La Famille

V

La Province adoptive

TABLE   255

VI

La Mélancolie

VII

La Foi

VIII

Les Fleurs éparses

BOURGES, IMPRIMERIE M. H. SIRE